精益求精无终点

卓越永在突破中

"大国工匠人物传"丛书

戴振涛

航母『心脏』把脉人

文清丽◎著

中国工人出版社

图书在版编目（CIP）数据

戴振涛：航母“心脏”把脉人 / 文清丽著. 北京：中国工人出版社，2025. 3. -- ISBN 978-7-5008-8591-7

Ⅰ. K826.16

中国国家版本馆CIP数据核字第2025LF3340号

戴振涛：航母“心脏”把脉人

出 版 人　董　宽

责任编辑　刘广涛

责任校对　张　彦

责任印制　黄　丽

出版发行　中国工人出版社

地　　址　北京市东城区鼓楼外大街45号　邮编：100120

网　　址　http://www.wp-china.com

电　　话　（010）62005043（总编室）

（010）62005039（印制管理中心）

（010）62379038（社科文艺分社）

发行热线　（010）82029051　62383056

经　　销　各地书店

印　　刷　三河市万龙印装有限公司

开　　本　880毫米×1230毫米　1/32

印　　张　5.5

字　　数　93千字

版　　次　2025年6月第1版　2025年6月第1次印刷

定　　价　49.00元

国之大者，工匠先行

——“大国工匠人物传”丛书总序

在中华全国总工会成立100周年之际，全国总工会宣传教育部、中国报告文学学会、中国工人出版社联合开展了“文艺工作者走基层”活动，推出“大国工匠人物传”丛书，向全国总工会献礼，向广大劳动者致敬！

“知者创物，巧者述之守之，世谓之工。百工之事，皆圣人之作也。”这是中国所见年代最早的关于手工业技术文献《考工记》中对工匠的记载。“工”之责在于造物，“匠”者为能工鼎识者也。

幼时，老家云南昆明大板桥的老街上，从南头到北头，都是大大小小的手艺人，木匠、石匠、焗匠、骟匠、竹篾匠、鞋匠、箍桶匠……空气中飘荡着木匠的刨花香和石匠敲打出来的粉尘，充满着焗匠手中皮带的“吱扭扭”声、骟匠刀下小猪猡的闷哼、箍桶匠皮锤不轻不重的敲击声。老街上的竹篾匠是我的一个表姨夫，他来自四川，有着一手出神入化的编造竹篾手艺。粗壮的毛竹是表姨夫手中的“百万雄兵”，在一把锋利无比的刀的指挥下，被劈成厚薄、粗细不一的篾。表姨夫的本领仅次于撒豆成兵的天神，他能化篾成物，一般家里能见到、用到的器物，他都能用竹篾编出来。母亲曾命我在老街上买一个暖水瓶的内胆，然后去表姨夫的摊位上，坐等他为暖水瓶胆编制一件竹制的外壳。那个暖水瓶至今还在我家老屋的一个角落里。竹篾壳早已被岁月包了浆，虽然久不使用，却依然油润、红亮。这便是我幼时对匠人的记忆。

五千多年的中华历史长河中，涌现出了无数能工巧匠，他们或如明月光照，或如星河璀璨。一代代薪火相传的工匠精神，不仅成就了那些流芳百世的绝世建筑与器物，更是烛照我们通向文明现代化进程的精神之光，是我们文化的自信心、民族的根与魂。

从“嫦娥”探月到“祝融”探火，从“北斗”组网到“蛟龙”深潜，从港珠澳大桥横跨三地到大兴国际机场凤凰腾飞……这些挺起中华民族脊梁的大国重器、世纪工程背后，无不凝聚着万千工匠的心血和汗水，映照着工匠们孜孜以求、拼搏奋进的身影。

本套丛书收录的是全国总工会历年评选出的大国工匠

的人物传记。他们当中有焊接高铁的“工人院士”李万君、打破国外高端设备维修垄断的王树军、让中国锻件立于世界之巅的刘伯鸣、“人刀合一”的顶级钳工李凯军、在高空“穿针引线”的竺士杰、油田里的创新能手刘丽、了不起的“钢铁裁缝”艾爱国、数控机床上的“雕刻师”孟维、让三星堆文物“活”起来的郭汉中……他们有的是传统加工业的锻造者，为了突破技术瓶颈精益求精；有的是新兴制造业的探路者，为了实现精密制造巧思妙想；有的是军工行业的铸剑者，为了打造国之重器默默坚守；有的是民间手工艺的守护者，为了传承非遗文化精雕细琢……他们奋战在国防军工、装备制造、传统工艺等行业的第一线，以久久为功的钻研和创新，造就了一个个传奇。

这些杰出的工匠，尽管行业不同、岗位不一，成长经历各异，但他们都有着爱党爱国、敬业奉献、创新争先的优秀品质。他们耐得住清贫与寂寞，用灵巧的双手和精湛的技艺，数十年如一日地在平凡的岗位上雕琢自己心中的梦想，以实际行动诠释着“执着专注、精益求精、一丝不苟、追求卓越”的工匠精神。“天下大事，必作于细。”工匠精神既是中华民族技艺世代传承的价值理念，又是中国开启新征程，从制造业大国迈向制造业强国的时代需要。

“大国工匠是我们中华民族大厦的基石、栋梁。”2024年3月5日，习近平总书记参加十四届全国人大二次会议江苏代表团审议时强调“树立工匠精神”，指出“没有金刚钻，揽不了瓷器活”，要“把第一线的大国工匠一批一批培养出来”。党的十八大以来，习近平总书记对建设高素质劳动大军高度重视，强调“当代工人不仅要有力量，还要有智慧、有技术，能发明、会创新，以实际行动奏响时代主旋律”，深刻阐述工匠精神“执着专注、精益求精、一丝不苟、追求卓越”的内涵要义，号召全社会弘扬工匠精神，“为全面建设社会主义现代化国家、实现中华民族伟大复兴的中国梦提供有力人才和技能支撑”。

“匠心聚，百业兴。”无论是传统产业，还是新兴产业、未来产业，大国工匠在发展新质生产力的历史进程中不可或缺。随着经济发展方式转型和产业结构升级，中国要实现由制造大国向制造强国的转变，实现由中国制造向中国创造的跨越，离不开广大劳动者的创新和创造，更离不开对工匠精神的继承和发扬，于是呼唤更多大国工匠成为时代强音。

文艺是时代进步的号角，最能代表一个时代的风貌，最能引领一个时代的风气。中国报告文学学会、中国工人出版社联袂推出“大国工匠人物传”丛书，以图书的形式为大国工匠树碑立传，让他们的故事和精神具有更广泛的交流传播价值和长久的史料价值。本套丛书的写作者奔赴大国工匠生活的城市，深入大国工匠工作的厂区、车间、工作室，获取了全面细致的第一手材料，最终将大国工匠的成长、成才故事呈现在读者面前。

“大国工匠人物传”丛书讲述的是个人奋斗史，也描绘出大国工匠的群体形象。可以说，这套丛书是目前国内系统研究众多大国工匠人生轨迹的权威读本，既有对每位大国工匠的整体介绍和事迹梳理，又有具体的事件、案例，全面、生动地展示了大国工匠各个人生时期的工作和生活状态。

新时代是奋斗者的时代，中国式现代化建设新征程这一宏伟事业为广大工匠技能人才成就梦想提供了广阔舞台。每位劳动者都是主角，都可以成为工匠精神的践行者。大国工匠是新时代的最美奋斗者，更是和平年代当之无愧的英雄。

国之大者，工匠先行，向着中华民族伟大复兴的目标砥砺奋进，行稳致远。

是以为序。

目　录

2012 年 9 月 25 日，是戴振涛和他的工友们永远难忘的日子。那天大海上白云飘飘，秋风送爽，大连造船厂将我国第一艘航空母舰——辽宁舰正式交付人民海军。

戴振涛平常也会到甲板上，很多时候其实没有他的事，但他就是不太放心，他一是看工作的进度，二是担心人员的安全。戴振涛这方面做得特别到位，我们大家都有目共睹。跟他在一起，人心里就特别踏实。

2013 年 4 月，集团专门为戴振涛成立了以他名字命名的“戴振涛劳模创新工作室”，2014 年被大连市总工会命名授牌，这是大船集团第一批以个人名字命名的劳模创新工作室。2017 年，戴振涛及其团队被辽宁省总工会命名为辽宁省劳模创新工作室。

2019 年，是个令戴振涛难忘的年份，他被评为“大国工匠”了，集团内外沸腾了，附近大海的浪涛好像也在不停地为他祝贺。

序章

初秋，当“复兴号”一路飞奔在广阔无垠的东北平原上，望着即将成熟的一片片望不到边的金黄色水稻，笔者的心情愉悦而兴奋。闻着越来越浓的海味，笔者感觉离大国工匠戴振涛更近了。

戴振涛，中国船舶集团大连船舶重工集团有限公司（后文简称大连造船）钳工首席技师。进厂28年来，他刻苦钻研生产施工技术，立志爱岗敬业，贡献海军装备建设，带领班组员工克服诸多技术难点，通过不断的技术创新，先后完成了生活保障设备、特装设备等600余套设备的安装及调试工作，尤其是在某特装设备施工中，更是承担了核心装置的安装及调试工作，使该设备在各种工况下都经受住了重大的考验，为该工程的顺利交工作出了巨大贡献。他先后被评为大连市“十大青年岗位能手”“十大杰出青年”“劳动模范”；2012年被评为“全国技术能手”；2013年荣获“全国五一劳动奖章”；2015年被评为“辽宁省有突出贡献高技能人才”；2019年入选中央企业“百名工匠”；2020年被评为“2019年大国工匠年度人物”……

笔者反复阅读着这一步一个台阶的闪光事迹，想象着这位荣誉满身的“大国工匠”当是古铜色皮肤、满脸岁月沧桑的老工人形象。

当笔者按戴振涛发的家里的定位图见到他时，还是略微吃了一惊。他40岁出头，稍高身材，胖瘦适中，戴着一副黑框眼镜，身穿白色纯棉T恤衫，更像一位大学老师，或者在政府机关工作的公务员，反正就是不像我心目中的钳工形象。一开口，他满口的东北普通话，皮肤稍黑，有些粗糙，可能与常年在船上工作有关。看人时，眼神专注、恒定，说话时，略有停顿，一字一句，清晰短促，体现了他用词严谨，思维缜密。院子里进进出出的人，都热情地跟他打招呼，他也不时满脸微笑地向他们点头、招手或亲切地叫一声。

一见面，笔者随口问他：“你是大连人吧？”他答：“是，我父亲跟我一个厂，就是我们大连船厂，现在叫集团。”笔者一听，果断地说：“先到你父母家。”笔者采访从不按预定的线路走，他倒也没吃惊，微微地点点头，边帮笔者挡着来来往往的车辆，边带着路。

第一章 他的父母是工人

天虽然还很热，但一阵风袭来，还是有股凉爽的快意。笔者跟着戴振涛穿过大连古典而热闹的中山广场，踩着法国梧桐斑驳的树影，沐浴着海滨城市特有的清新空气，来到了位于闹市中他父母的家。戴振涛是家里的独子，父母近 80 岁了，满头白发，但身体硬朗，家里布置得干净、整洁。墙上挂一朵大红花，戴妈妈自豪地告诉我，这是孙女戴欣彤得的。

家不大，客厅放了一张两人坐的皮沙发和一个圆饭桌，已满当当的，对面屋子的门开着，窗台上摆着一盆盆花草，有我叫不上名字正开放的花，有鲜绿叶子的兰花，三个房间，东西摆放得井然有序，满屋充满着一股清新的味道。

客厅一角摆放着一台缝纫机，看样子有些年头了，戴妈妈在一旁解释道："枕头开线了，裤角封边什么的，用缝纫机，既方便又漂亮。"

这是一个勤快而节俭的，又无比热爱生活的工人家庭。

进门时，笔者随意地把鞋子脱了，等坐下了，戴妈妈弯腰把笔者的鞋子头朝外，摆放端正后，悄悄地坐到一边，也不说话，只微笑地看着我们，不时加水，偶尔插一两句话。老人保养得很好，身材高挑、清瘦，一看就很利索。

笔者说："戴妈妈以前从事什么工作，把家收拾得这么温馨洁净。"

戴妈妈轻声地回答："我在橡胶厂工作。"戴振涛忙接口说："我妈在单位是制作雨鞋的，单位出口日本水鞋的样品都是她亲手制作的，每一次都是百分之百的合格率。后来单位看她技术水平高，工作细致，就安排她进行水鞋制作技术指导，后来聘任为单位质量检验员。"

再看摆放得整齐的鞋子，笔者深以为然。

父亲戴学华，满头华发，性格爽快，这位78岁的老人很健谈，满口的山东话。他是从小跟着父亲从山东到大连的。当笔者问他在大连造船厂工作了多少年时，他压着指头说，33年零8个月，从事了一辈子电焊工，退休近20年了。提起引以为傲的工作，老人滔滔不绝。冬天在船台上露天干活，四面来风，冻得要命；夏天又要在舱内干活，不透气，施工船舱内不可能有空调，热得要命。而且，电焊还会产生大量粉尘，工作环境很差，有时候干一上午就得换三四个口罩，同时还得拿着电线、别着焊条，一天要焊十公斤焊条。因为电焊工的工作性质，一年四季都得穿很厚的帆布工作服，头、脖子要包得特别严实。上衣拉链得拉到脖底下，最上面的扣子扣紧后，还得再围上白毛巾，衣袖一定要塞到手套里，一丝都不能露出来，这样才烫不着自己。焊接无论是内口还是仰脸，空间都很狭小，电焊飞溅的火星蹦到身体上，轻微的抖动和激灵都会影响焊接的质量。常年在船上焊甲板、船体，左手持防护罩，右手持焊枪，手常被磨出血泡，眼睛被电弧光刺得流泪。盛夏，焊完一道焊缝，大汗淋漓，那滋味儿实在不好受。但为了保证焊接质量，就必须全副武装，冬天冷的时候这么穿，夏天特别热的时候也得这么穿，必须在狭小空间内保护好自己。一旦工作，就得一次性干完活，不能出来再进去，有经验的老工人一般上工前都会先上厕所，工作时，减少喝水。有时候一上午都要拱在深舱，光下到底舱就得趴近一个小时，经常干到中午再出来。一天下来，工作十几个小时，握焊枪的手臂总是酸痛无比，有时吃饭手都拿不稳筷子。

一旁的戴振涛给笔者解释说，他父亲是1968年到大连造船厂，成为一名工人的。

在船舶焊接岗位，戴振涛的父亲给师父当学徒。在当年能够学门手艺，是件非常自豪的事。老人回忆他刚进厂时，他的父亲跟他讲过“学好本领才是本事，走到哪都能吃得开”，于是他努力学习技术，师父也倾囊相授。

在那个年代，“比学赶超”氛围特别浓厚，不但徒弟们相互比谁的技术水平高，师父们也相互比谁把徒弟教得好。通过自身的努力和师父的帮教，戴学华的技术就得到了船厂和其他工友的认可。两年后，戴学华就能独立承担焊接岗位工作，班长就安排他带徒了。他也像师父教自己那样耐心地辅导徒弟、传授技能，就是为了自己的徒弟青出于蓝而胜于蓝。通过个人的努力和企业的培养，

1972 年，他获得了厂“五好职工”称号。他兴奋极了，决心更加努力地工作。

1974 年，船厂职工都要到船厂的农场劳动，戴学华技术过硬，老班长把他留在了厂里，圆满地完成了一项项生产任务。在多项工作历练中，他掌握了电焊和自动焊、装配的技能。在一次自动焊工作中，加药漏斗损坏了，他运用自己掌握的技能，利用边角余料，通过画图、放样、切割、制作、焊接自制加药漏斗，进行安装，使自动焊机能够正常运行，不仅节约了成本，而且得到了厂里的好评。

说起儿子进到自己的老厂，子继父业，老人的兴奋之情溢于言表。他说到船厂，一口一个“咱厂，咱厂”，充满了热爱。

“儿子进入咱厂，当了钳工，我感到很欣慰，因为这比我当年的工作环境好，更有发展前途。”老人吸了一口烟，说道。

戴振涛 1978 年出生，从记事起，他印象中的父母干任何事都特别认真，对待工作更是一丝不苟。儿时，戴振涛记得父母经常在单位年终评比中，把得到的奖状和奖品拿回家，看到他们高兴的样子，作为儿子，他想着自己也要好好学习，将来多拿奖状。父母的文化水平虽然不高，但平时对戴振涛的要求非常严格，希望他做每一件事都能条理清晰，认真对待每个细节，做好每一件事情。按他父亲的话说，一件事能做好，多件事就能做好，好习惯是从小就养成的。

12 岁那年，北风呼啸，父亲领着戴振涛为家里制作过冬的煤坯，从买散煤、和煤、制作煤坯每个步骤都有条不紊。在街道上制作煤坯块晾干时，有次他心急，又加上天太冷，他把煤坯框摆斜了，父亲要求他重新摆。可天实在太冷了，他急着想回家，说："差不多就行了。"父亲黑着脸说："重新摆！摆不好，就别回家。"他只好重新把煤坯框摆正。父亲说："你看摆正了，它们一块块像战士站方队一样整齐划一，多漂亮呀。干任何事都要把它干好。"正是通过父母的言传身教，戴振涛养成了良好的生活习惯。每天做完作业，戴振涛一定要把书、本子和文具检查好，整整齐齐地装到书包里，这才放心地睡下。

戴振涛笑着说："现在我到父母家，他们还是经常告诫我，在工作中一定要积极主动，关键时候要能冲得上去，把事情做好，不要计较个人得失，占小便宜吃大亏。"

笔者问戴学华，当听到儿子被授予大国工匠年度人物时，是何感受。老人说："首先是激动，我为有这样优秀的儿子感到自豪。在全厂人面前，我都感到脸上有光。但是我也提醒振涛，荣誉同时也代表着责任，我知道他还是有压力的。工作干不好，不但自己丢人，更对不起这么大的荣誉。大国工匠，可不是一个简单的称呼，它代表着国家最尖端工人的水平，这容不得半点马虎。而且，工人的技术会随着时代的发展而不断进步，只要还在岗位上，就得一直学下去，一直练下去，要更上一层楼。工人这一行，有名就有压力，要名副其实，就要比别人付出更多的精力。”身为七级工，戴学华老人用多年的工作经验告诉儿子，越高级的技术骨干，面对的任务就越重要，情况就越复杂。船厂工人，很多工作任务会直接关乎船体的性能及安全，稍有不慎就会给国家带来极大的财产损失，甚至危及别人的生命，一点都马虎不得。

荣誉是过去式，怎么面对未来，才是最重要的。戴学华老人结束了他的讲述。

如今，戴振涛父母早已光荣退休，平常除了照顾好自己的身体，能帮上戴振涛的就是多做些“后勤”工作，接送孙女上学，做好了饭给儿媳、孙女送去，尽量确保儿子在工作时段内少分心，全身心地投入工作中。

母亲也经常告诫戴振涛：“单位有什么活，要第一时间冲上去，家里有我和你爸，放心。”

父母是这么说的，也是这么做的。

戴振涛的女儿从幼儿园到高中，都是两位老人和妻子轮流接送。戴振涛一年在自己家中吃饭的次数用两只手都能数得过来，大部分时候是到父母家里吃。不来，父母还会打电话叫他。

有了家庭的坚实后盾，戴振涛就像没有束缚的雄鹰，自由驰骋在事业的领域里。“大国工匠”的称号除了带来荣誉，更多的是带来了压力。但压力有时就是最好的动力，激励着他再多发挥一些自己的特长，再多挖掘一些自己的能量与潜力，为企业也为国防军工产品的生产多贡献些自己的力量。

水有源，树有根。在与两位老人的交谈中，笔者知道了戴振涛之所以能有今天的成绩，是与父母的言传身教分不开的。

第二章 咱是大船人

戴振涛从小印象最深的就是父亲的同事、徒弟逢年过节、休息日到家里聚会的情景。

他们喝酒、抽烟，特别开心。特别是师徒之间的关系，就像一家人一样。只要同事来，父亲一定会让母亲做好吃的，一会儿做鱼，一会儿做鸡。

在聚会中，他们讲着谁涨工资了，谁提升了，谁家里有喜事了，讲着讲着，就会讲到焊接工作中遇到的困难，相互之间进行探讨，分析焊接的方法、焊接时焊机电流的控制范围、如何摇动焊枪形成漂亮的鱼鳞状。有些话戴振涛听得懂，有些他听不懂，但他知道父亲和他的朋友们都在一个厂工作。父亲起早贪黑去那儿工作，很少回家，他几次想去，但因为有要求，他从未进入过船厂，他感觉那儿是那么神秘，那么令他向往。

1992年的夏天，厂里组织船厂日活动，邀请家属参观船舶工人的工作环境，这时，14岁的戴振涛才走进船厂，跟着父亲参观了新船的下水礼。

那天，虽然天特别热，海风吹得人头发零乱，但是观看大船下水的人却挤得水泄不通。站在岸边，看着大船从船台缓缓滑入大海的瞬间激起澎湃壮观的浪花时，戴振涛的心情特别激动，感到造船工人真了不起，能用一块一块钢板组成万吨巨轮，希望自己以后也能像他们一样在平凡的岗位上成就不平凡的自己。父亲拉着小振涛的手，不停地说："儿子，你看看，那个甲板是爸爸焊的，它漂亮不？你看船跑得多快，在大海上真是乘风破浪，一往无前。"这时，几位工友看到他俩，老远就喊："戴师傅，快来，你是先进工作者，是我们学习的榜样，你得站到前面来。"说着，就给他们让出一条路来。

戴振涛第一次把语文课本上"榜样"这个让他激动的

戴振涛（左一）在现场进行技术交流

词，跟父亲联系在了一起，他瞬间感觉到平凡的父亲是那么高大、那么让他神往。

特别是当戴振涛看到大船在一阵汽笛声中，威风凛凛地离开码头，迎着海风，驶向大海深处时，再看父亲脸上那开心的微笑，就想着自己长大后，也要成为像父亲那样的人。

观礼活动结束后，跟着父亲往船厂外走时，好多工人叔叔和领导都跟父亲打招呼，看到父亲那么受人尊重，戴振涛意识到做一名优秀工人是多么的自豪，觉得能学一门技术，真好。

春去秋来，时光荏苒，不觉间戴振涛就要初三毕业了，到底是上技校，还是继续上高中考大学，他一时犹豫了。有天吃过晚饭，父亲把戴振涛留到饭桌前，问他下一步有什么打算。戴振涛说，上技校文凭低，他想继续上高中，再考大学。父亲吸了一口烟，耐心地说："人人都向往上大学，能接受更高的教育，当然很好。但是每个人要根据自己的实际情况，一步一个脚印走。咱们厂历史悠久，是全国有名的大厂，将来上了船舶技术学校，只要努力学习，就可以进厂，当一名工人。只要你肯吃苦，虚心学习，就能靠技术干一辈子。万一你上了高中，考不上大学，上技校的机会也错过了，将来找个正式的工作，恐怕都难。再说，你不是从小就爱轮船、爱大海吗？咱们海边的孩子上船舶学校，我认为是最好的选择。”

父亲的一席话，使戴振涛心动了。父亲上班都是骑自行车去，下班回家他在院子里把自行车擦得干干净净后，才搬到屋里。给自行车上油，改换车胎、辐条时，戴振涛就在旁边给父亲递工具，耳濡目染，后来学骑自行车，磕磕碰碰的，他把自行车弄坏了，就自己蹲在地上，琢磨半天，竟然把车给修好了。小小的成功，让他对拆拆卸卸的事产生了浓厚的兴趣。家里有收音机、缝纫机坏了，他还能把它们修好。

可是爱好跟将来的工作是两码事，总不能一辈子就跟父亲一样，当一名船厂工人吧？戴振涛迟疑了。

父亲看戴振涛不说话，又说，到船舶技术学校系统地学一门技术，做到一技在身、工作不愁，离家近，工作环境又熟悉。

父亲朴实的话语，最终决定了戴振涛的选择。他听从父亲的建议，报考了船舶技术学校。选择专业时，工人出身的戴学华又把儿子叫到跟前，跟他促膝谈心。他说，电焊和钳工的最大区别就在于，电焊是船厂的核心工种，所

戴振涛（左一，站立者）为员工授课

有的大船无论是钢板的焊接，还是舱内结构件，甚至小到一个基座，都需要电焊工亲手一件一件地焊接在一起，最终组成一个大的船舶。

虽然电焊如此重要，戴学华还是没让儿子戴振涛学跟自己一样的专业。他其实有点私心。干了一辈子电焊的他清楚，电焊工作不是一般的辛苦。再则，他希望儿子学一门跟自己不一样的手艺，更有发展空间。以自己的经验，他替儿子选择了钳工。他说，不管天上飞的、地下跑的，还是海里游的，都离不开钳工。钳工是60岁退休，其他工种都是55岁退，你就明白学哪个好了。

一向崇拜父亲的戴振涛，愉快地接受了父亲的建议。

1994年9月，戴振涛考入大连船舶技术学校，学的是船舶钳工专业。

上学的两年时间里，戴振涛牢记着父亲的话，要当一名优秀的工人，必须先学好理论知识。学校开设了船舶钳工的技能操作、机械识图、物理、数学、船舶钳工设备的安装、船体建造、船舶结构、发动机原理、金属材料、机加工等20多门课程，要学好，必须要付出很多精力。

大连，美丽的海滩上，没有他的足迹；同学游玩的队伍中，也没有他的身影。有着对自己人生职业清晰规划的

企业员工入职培训，戴振涛为员工授课

戴振涛一进学校，就扎扎实实地学习专业课程，从制图绘图到钳工的实践操作，门门成绩都十分优秀，是班里制图绘图最好的学生，他的作业常常被老师夸奖，并作为范本，在同学中传阅。

在运用扁铲切削板材的练习中，为了使手锤与扁铲在敲击的过程中达到稳、准、狠的要求，戴振涛一个人在实习厂反复练习。刚开始练习时准确度不够，右手的手背被手锤敲击得肿胀，周末回家母亲看到特别心疼，告诉他先休息几天，不要练了。戴振涛嘴上答应着，可第二天依然照练不误，只为尽快掌握钳工的基本操作技能。

两年后，戴振涛以优异的成绩毕业，顺利地进入大连造船厂，这为他日后的技术精进，打下了坚实的基础。

第三章 女儿认不出爸爸

戴振涛自己的家离父母家不远，步行也就一公里左右。他说，到这儿买房子，主要是离父母近，方便照顾他们。

走进戴振涛家，基调是整体的白，墙上贴着墙布，勾着漂亮的石膏线，大理石茶几上放着一束怒放的鲜花，全屋给人的印象是典雅洁净。屋子进门的左边放着一台古筝，戴振涛说是他女儿的。

戴振涛的妻子朱少红，穿着色彩淡雅的灰色连衣裙，浑身充满了知性女性身上特有的文静，说话也慢腾腾的。

她说跟戴振涛是2006年经同事介绍认识的，接触了几次发现戴振涛并不是油嘴滑舌的人，干练中透着靠谱，做事情特别稳当。戴振涛责任心很强，办事一丝不苟，她觉得嫁给这样的人踏实。

虽然那时船舶工人发展得没有现在这么好，收入也不高，好在企业相对稳定，相恋两年后，两人就结了婚。

可结婚与恋爱不同，特别是有了女儿之后，再加上两人长时间地相处在一起，因油盐米醋、锅碗瓢盆等小事就产生了小摩擦。因为戴振涛的工作性质，经常要加班到很晚才回来。加班时间完全由当天的具体工作量来定，没个准点，有时候早一点，也到晚上八九点了，有时一干就干到下半夜。特别是赶上交工验收的时候，不到后半夜都见不到人，甚至有时连电话都没工夫打一个。

那时刚结婚，朱少红一直很不理解。她在幼儿园做保健医工作，每天已经很忙了，没想到休息时间丈夫还要加班加点。周末，人家夫妻都带着孩子逛公园、看电影，一想到戴振涛仍在单位忙得回不来，朱少红就很生气。有一年春节，厂里放了13天假，戴振涛有12天都在加班，气得朱少红一个电话也没给戴振涛打，一个人抱着孩子坐着汽车回到了本溪的娘家。朱少红边走边哭，后悔嫁了这么个不顾家的人。

“当时，我真的不明白，为什么同样是工人，他怎么就那么忙。”朱少红说。因为船厂涉及军工产品的制造，平常工人只能凭个人工作卡实名制进出，家属连船厂的大门都进不去。直到2018年的一个春天，船厂组织集团活动日，戴振涛带着妻子与女儿走进船厂，到了工人们工作的岗位，朱少红才改变了对丈夫的看法。

船厂领导带着家属们参观了船厂参与生产的一艘艘舰船的模型，又给她们详细讲解了工人的工作性质，担负的重要任务，希望家属们能理解、支持工人们的工作。

那是朱少红与戴振涛相识12年来，第一次进船厂。

当亲眼看到戴振涛工作的环境时，朱少红震惊了：船舱特别低矮，密闭的机舱内温度很高，机器运转的轰鸣声随处都能听到。搭起的一个特别低的棚，要弯着腰在里面作业。朱少红震惊之余也很心疼，再后来被家中琐事累得疲惫不堪、想要发火时，眼前就浮现出丈夫戴振涛的工作环境，还有取得的一个个让她自豪的证书、奖状，怨气慢慢就消了。

平常，戴振涛不但顾不上孩子上学，周六还得在船上上班，只有周日能休息一天。女儿上幼儿园时，有一

戴振涛和妻子为女儿过生日

次朱少红工作忙得走不开，就让戴振涛请假提前下班去接女儿。戴振涛到了幼儿园，老师从没见过他，就问孩子："他是不是你爸爸？"孩子微微一笑却不吱声。老师还是不放心，就给朱少红打电话，反复确认后，才把孩子放心地交给了戴振涛。回家时，戴振涛紧紧抱着女儿，给她讲了一路的故事，希望能增强父女之间的感情。

戴振涛问女儿："欣彤，你刚才真的不认识爸爸吗？"

女儿摇摇头。

戴振涛想了想，又问女儿："你给爸爸讲讲你在幼儿园有没有好朋友？"

"给你说了你也不认识。妈妈、奶奶、爷爷都认识我的好朋友，就是爸爸不认识。别的小朋友都是爸爸妈妈一起来接的。"女儿委屈地说道。

戴振涛听到这话，抱起女儿，把脸紧紧地贴到女儿脸上，说不出一句话来。

经过长时间的磨合，妻子朱少红也渐渐适应了戴振涛这种高强度的工作，有时忙起来气得跟丈夫嘀咕一阵子，但冷静下来后，又体会到丈夫工作的辛苦，便默默地承担起了一切家务。

2014 年夏天，戴振涛随航母出去海试，大连受台风天气影响，下了一天的大雨，家里的窗户没有关，整个阳台都被淹了。还好有个高台阶，不然水都流进屋里了。朱少红一下班，发现阳台上的水跟台阶快平齐了，急得边哭边拿着盆子往外舀水。这时，婆婆正好过来送菜，一看到这情景，立即挽起裤腿，帮着舀起水来。娘俩忙了两个多小时，才把阳台上的水全部清理完。

听到这里，坐在一旁的戴振涛叹了一声说，的确，平时因为工作忙，在生活中他对女儿照顾得很少，很愧疚，平日没有时间陪女儿，女儿生病也不能陪在她的床边，学习辅导得也不多。但他对妻子更感愧疚，她既要上班，又要干家务，还要照顾孩子的生活、学习，觉得挺对不起她们的。

有一次，戴振涛随航母到南海进行试验任务，这一去就是 40 余天。有一天，家里的暖气管道不知什么原因忽然破裂，水流了一地，妻子朱少红又是关阀门，又是领着孩子挪家具，又是拖地，一直忙到半夜。第二天天一亮，妻子朱少红又找人修理破裂的管道。戴振涛从南海回来后，才知道家里发生了这事。戴振涛问妻子朱少红为什么当时没告诉他，妻子说不能因为家里的小事而影响他的工作，怕他分心。虽然妻子一句带过，但戴振涛内心却深感

一家人难得在一起

妻子的不容易，非常感激妻子对他工作无怨无悔的支持。

正是有了这样坚强的后盾，戴振涛才能全身心地投入工作中，技术也是越练越精、越练越好。在同批进厂的工人中，戴振涛是第一个考到高级技师的。只要符合要求就去考，而且逢考必过，他 38 岁就晋升了高级技师。

父母的年纪大了，有时候生病了，作为儿子，他也不能陪在父母身边照顾，戴振涛心里很愧疚。但父母都很理解，认为他们身体都还硬朗，完全可以照顾好自己，所以一直督促儿子以工作为重。

“我知道亏欠了他们很多，但精力有限，只好在工作时就全身心投入，多做出成绩多作贡献，回到家就自己多做一点，尽己所能地照顾好家人，”戴振涛说，“基本都是我父母接送孩子，日常的功课和教育是我爱人操心。”

女儿上幼儿园时，正赶上造船的工作高峰，他几乎没有接送过。后来任务结束了，成为典型的戴振涛接受央视的采访报道时，导演设计了一个镜头，让戴振涛给女儿一个惊喜，提前下班去接孩子。可当女儿放学后看到戴振涛时，也没有特别高兴，反而一句话也不说。

戴振涛拉着女儿的手说：“欣彤，你见到爸爸不高兴吗？”

女儿说："因为每次都是妈妈或奶奶来接我的。"

戴振涛一听这话，沉默了下来。

这让作为父亲的戴振涛十分愧疚，觉得无论是教育还是陪伴，自己都欠亲人们太多了。

妻子朱少红说："到现在，戴振涛仍然多数时间都在厂里，可是在家里，他很勤快，会做饭、拖地、擦桌椅，饭做得比我好。一看到他在家里忙前忙后，我心里所有的委屈就没有了。只要有心，干多少活，我都不在意了。工作嘛，还是第一。人的精力有限，这，我懂。"

我们说话间，他们的女儿走出房间，礼貌而羞涩，向笔者问了声好。高而文静，像她妈妈。因为周末要去上课，急急地跟笔者说了两句话。她说，随着年龄的增长，她深深地体会到了爸爸工作的辛苦，跟爸爸站到领奖台上时，她终于理解了爸爸。"小时候，觉得陪伴是最好的爱，可随着长大，我现在感觉陪伴还有精神上的，爸爸取得的成绩，还有他对工作的精神，我认为这种精神上的陪伴，才是最让我感动也是最持久的。我要像爸爸对待工作那样，好好学习，学好每门课。我现在学的课，他基本不懂，也不会辅导，可是看到他每天起早贪黑地去上班，而且在船上那么辛苦，我就更爱他了。"

上了高一的女儿，已经有了自己独立的判断，如此理解爸爸，这让戴振涛很是欣慰。

女儿出门后，妻子朱少红抱歉地说：“你们聊，我得送她去，学校远。”

第四章 不能给『老戴』丢人

在跟戴振涛的交谈中，不觉间天黑了。为了第二天到船厂采访方便，笔者晚上住进了船厂附近的招待所。窗外就是一排排的货船，整夜能听到船的汽笛声，海浪潮起潮涌的呼啸声，吵得笔者一夜都没睡着。

第二天上午 8 点，笔者准时来到了船厂——不，它现在正式的名字叫中国船舶集团大连船舶重工集团有限公司。不过，为了叙述的方便，笔者还是跟着主人公们一起叫它船厂。这个赫赫有名的老厂，没有高高的围墙，透过铁栅栏，能看到里面高高的大楼和来往的车辆、行人。望着半面大理石墙面的集团铭牌，笔者不觉间腰板挺直了，迈着军人特有的步履走了上去。

“上班的人，只能在自己的作业区，其他地方不能去。”戴振涛边走边说。

“跟我们部队一样严，”笔者笑道，“严了好。”

院子干净、整洁，各车间人来人往，马路上、车间墙上“强军、强国”等内容的大幅标语，随处可见。

吊车长长的吊臂上是一堆堆材料，无数机器轰鸣的声音，让笔者对这片热气腾腾的工作场面有了直观的认识。

头戴黄色安全帽、身穿工作服、腰系安全带、脚穿工作鞋的工人，有些走在上班的路上，有些已在阔大的车间忙碌着，他们的步子是匆忙的，神态是平和的，充满了自信。

来往车辆，忙而不乱，多是铲车、运输车，显示着一个厂子蓬勃的生机。

在去办公室的路上，笔者跟戴振涛又聊了起来。

1996 年，戴振涛以优异的成绩被大连造船厂录用为正式员工。他进厂时，父亲戴学华还在上班，已是船厂德高望重的老师傅。戴振涛的机装工作车间恰巧就在父亲车

戴振涛（右）在培训中

间隔壁，两栋楼挨着，干的还都是同一条船。每天父子上船，赶上了都能看到对方。直到2002年戴学华退休，父子俩共事了6年。戴振涛只要一看到父亲就很紧张，生怕自己做得不够好被父亲训斥，因此，他也比别人更加努力。

虽然有了思想准备，但走进船厂，戴振涛才真正体会到当一名船厂工人是多么的艰辛。这份工作属于危险行业，每天必须头戴安全帽、脚穿工作鞋、腰上绑安全带、戴防护口罩，穿梭在船舶建造一线的各个角落。初次上班，他都是在师父的带领下进行舵系现场研配、船上安装、机舱辅机的安装和调试工作，甚至有时还要由吊车吊着托盘，在20多米的高空进行设备安装和数据测量。

当戴振涛进入船厂以后才发现，虽然钳工不像电焊工做那么全面的防护，但还得躺在甲板上，跟电焊工一样辛苦。很多时候他们在装配，旁边就有人在电焊，并没有轻松很多。只要在船上，没有任何一项工作是轻松的，每个工种都很辛苦。

因为工作环境不好，体力劳动强度大，戴振涛起初有点退缩，并没有想着一辈子扎根造船厂，他心里想，干一阵，实在不行就换个工作。戴振涛经常能听到同学们互相抱怨，很多同期毕业的同学来到船厂后也不适应厂里的劳动强度，有些人想着法子调走了。

可一想到父亲，戴振涛就打消了这个念头，又重新振作起来。他心想，被父亲批评还好，可如果自己的活干不好被父亲的同事知道，告诉了父亲，那父亲的脸面往哪里搁啊。父亲辛辛苦苦一辈子，干活样样出色，年年先进，一直受到单位和同事的尊重。既然已经来到船厂，戴振涛宁愿多干一点，哪怕自己苦点累点，也不想被工友在背后议论：老戴的儿子不行，还赶不上他爸啊！

就这样，为了不给“老戴”丢人，戴振涛铆着劲地干好领导交给的每项工作。

正是有了在船舶技校学习的基础，也有了学校安排在企业实习的经历，下决心干好工作的戴振涛上手很快，迅速完成了从学校学生到企业一线工人的转变。他深知现代的技术创新一日千里，知识更新的周期越来越短，在学校学到的知识有时间代差，不可能解决全部实际问题。于是，他利用业余时间持续学习和自己岗位有关的知识，船厂里的工人师傅、大学生、设备服务商等，碰到谁，谁都会成为他请教的对象。

这时戴振涛才明白了父亲当初那句话的含义：到大企业好啊，大企业不只是工作稳定，专业也多，可以学到很多东西，只要你想学，肯下苦功夫，你就能自学钻研其他任何专业。

钳工是一个极其细致的工种，船舶安装的精度经常得达到微米级。受父母的影响，戴振涛养成了认真的性格，干什么事情都很仔细，想得特别充分。他认为只要能干到 0.01 毫米，就不能到 0.02 毫米停下来，要追求这种极致。每次他干完工作，哪怕是厂里的老师傅以最严格的标准看，也几乎挑不出毛病。

铸就硬功，必须多练。戴振涛刚进厂时很瘦，一米七八的身高，体重只有一百斤左右，每天船上的活干完，回到车间后就反复练岗位需要的基本功。船上的老师傅都各有分工，张三师傅善于干这个，李四师傅善于干那项，而到了戴振涛眼中，别人会干的这些活他都要会干，并且还要把它们干好。

有了这样的想法就有了动力，才会下功夫去琢磨怎么用最高效的方式把工作干好。有时候自己琢磨不明白，他就趁着休息去请教老师傅。有时自己没问题，他也虚心地静静地站在老师傅身后，看着人家怎么用最省力的方式干活：面对什么问题，应该选用什么工具。这个部件是怎么拆下来的，那个零件有磨损是怎么修的，一点一点地记在脑子里，晚上再记在本子上，生怕忘记。

戴振涛深深地明白，钳工是手艺活，看得再多也没有用，必须上手才能体会其中的门道。为了迅速掌握技术，戴振涛经常抢着干活，一点儿也不惜力。趁着老师傅擦汗时，他会主动凑上去，说：“师傅，您歇会儿，这活交给我，你看这样干行不行。”那段时间，他干了很多并不是自己的工作，付出了比别人多得多的努力。师傅们也很喜欢这个既勤快又爱动脑子的年轻人，也愿意多教他。

白天在干中练，晚上躺到床上了，戴振涛就静下心来在脑中复盘总结。天长日久，他就养成了好习惯，一天不复盘，就睡不着。

为了提升工艺技术，戴振涛给自己提出了三个要求：一是要加强自我学习。想提高自己的技能水平就要通过不断学习新的知识来开阔眼界，开创思维，完善自我的不足。二是要加强自我实践。技能的提高离不开人的操作，在工作中就要亲自动手进行安装操作，只有不断地操作实践，才能在工作中发现问题，了解问题的根源，才能提出解决问题的良策，还能不断提高自己的技能水平，达到熟能生巧的地步。三是要敢于创新。如何进行创新，他认为不是有胆子胡干乱干就行的，而是要有对所有问题考虑周全、敢于担责、勇于前行的精神。他在工作中遇到问题时从不畏手畏脚，而是发挥主观能动性，运用自己的知识和经验去创新性地解决问题，从而不断提高自己的技能水平。

最开始，戴振涛对自己的要求是“别人会的我也要会”，等到技术掌握了，他又开始思考下一次工作时，这项任务有没有更好的办法？能不能创个新点子？要是干一

戴振涛工作场景

个活在保证质量的情况下能少出点力，那一天就能干更多的活，学更多的东西。

戴振涛又是翻资料，又是向人请教，创新的步子不觉间就迈出了第一步。

过去舵机的螺栓铰孔施工方法非常简陋，组装好后的舵机铰制螺栓孔，需要用铣刀一点一点地研磨，最终使舵机与基座的螺栓铰制孔达到同心度，而且对铰孔的表面光洁度还有技术要求。以前，只能用铣刀放进螺栓孔里，拿锤子一点一点地敲下去，敲下去一个看看内孔表面，如果整个光洁度、同心度不好，就只能换一个挡位的铣刀再放进去敲，正常铣刀每个挡位的差值是 0.25 毫米，所以每次敲只能去掉螺栓孔 0.25 毫米的铁磨，不断地扩眼。有一次，赶上船抢施工周期，第二天就要铰制好舵机基座的螺栓孔，戴振涛和工友们不得不在只用锤子的情况下，徒手将铣刀一点点地砸进孔中。他们生生地用锤子砸，铣得不好就换下铣刀，放进去再砸。

从白天太阳刚出来，一直砸到夜幕降临，休息了一会儿，又继续砸，天亮后，虽然完成了任务，但是大家的手指因长时间用力握锤，僵硬得都无法伸开了。

“这完全是纯靠体力的机械劳动，活不能这么干。”任务完成了，戴振涛又陷入了思考，以后要这么干可会累死人的啊！有没有更好的办法？怎么能把铰孔这个活更省力地完成？可是没有现成的工具，他就向老师傅请教，大家都摇头说：“我们一直就是这么干的。”

不能再这么一直干下去了。戴振涛到书店买了一大堆书，又到市图书馆查阅相关资料，笔记记了几十页，终于想出了好办法。

戴振涛先改装了小型的十吨用千斤顶，只靠手压就行，再也不用锤子砸了，大大节省了工效。然后，他感觉用千斤顶不够顺手，又选用了液压设备做工装，然后往上拉铰刀，完成了工序的革新。以往铰孔的活六七个人才能干，每人分一个孔用锤子砸，现在戴振涛发明了液压工装，仅仅需要两个人，花上三天就能把过去一周的活干完。

这件小发明让戴振涛尝到了创新的甜头，从此，他就十分重视工艺改进。他给自己定的标准是不仅要把活干到最标准，还要采用最科学的办法、最高效的方式。在某船舵系钻孔铰孔施工中，他发现磁力钻钻孔的误差比较大，影响铰孔施工进度，还增加了人员劳动强度。他经过反复的研究和试验，技术创新了可调式磁力钻机座，提高了钻孔精度，保证了铰孔施工进度，大大减轻了人员的劳动强度，从而保证了生产节点的按期实现。

据不完全统计，该操作工法在保证工作质量的同时，还为该道工序的完成节约了288个工时，经大船集团在各在建船舶推广，该工法节约人工及动能费用260万元。

戴振涛（右）和同事探讨工作中的问题

截至目前，该操作工法已累计为大船集团节约人工及动能费用1500余万元。

在屡次钻研中，戴振涛慢慢发现：在传统的工艺施工技术、施工工艺与小工装的改造中，都有不小的改进空间；在优质传统技术得以整理、保留、传承的同时，还要不断优化施工程序和小工装改造，真正达到提质增效、节约成本的目的；要多学习先进方法，不断提高创新能力，敢于面对难题，善于解决难题，在解决难题的过程中总结并前行。

到2024年9月，戴振涛已手握20多项国家级专利。例如，针对舵柄安装，他发明了一种舵柄安装定位装置工装，提高了舵柄安装精度。为便于舵叶回转角度测量，他发明了一个舵叶回转角度测量装置，极大地方便了测量工作，节省了用工成本。在狭小空间，他发明了调整垫片研磨工装，提高了狭小空间垫片研磨质量。他通过一系列的创新发明，不断提高施工质量，改善人员施工环境，降低人工成本，节约能源消耗，为企业高质量发展贡献出了自己的力量。

同时，通过不懈的努力，戴振涛逐渐掌握了船舶设备安装和调试技术。他所从事的船舶钳工的工作现场在船舶的“心脏”——机舱舵机。舵机位于船舶艉部舵机舱内，关系到船舶航行安全，其工作的重要性不言而喻。为担起这份沉甸甸的担子，自知学历不高的他下大功夫钻研弥补。为了更好地学习掌握设备的性能，无论是检修设备还是运行新设备，他都要到现场认真观看学习，并积极查阅安装施工图纸，刻苦研读设备产品说明书。遇到全英文说明书，他就对照词典一点点地翻译、一点点地理解，结合设备的实际情况虚心向经验丰富的师傅请教，向有关设备服务商探讨相关的参数及设置。就这样边学边干，边干边学，冬去春来，叶落花开，他很快成为厂里的“技术大拿”。

凡是设备安装调试过程中遇到难题，领导第一个想到的就是戴振涛。他以执着的坚守、数不清的付出和努力，无怨无悔地投入自己钟爱并离不开的船舶建造事业中。

第五章 他最敢啃硬骨头

看着儿子在船厂越干越出色，父亲戴学华倍感欣慰：“我带了很多徒弟，但带得最严的就是我儿子，每天回家唠的嗑儿也离不开造船，我把我的经验和工作上的心得都告诉了儿子。要想有一手好技术就要善琢磨，更要一丝不苟，振涛都听进去了，特别肯钻研、能吃苦，敢啃硬骨头。”

在父亲的言传身教下，戴振涛刻苦钻研，边学边干，很快就成长为能独当一面的技术骨干。

2006 年 5 月，大船企业在 4.5 万吨化学品船艏制船的施工中发现，由于发电机调速器工作不稳定，造成发动机轮数异常波动的问题，经过发动机厂家、集团相关技术部门研究分析，仍没有解决。正在大家为不能满足对方要求、耽误节点完成任务而万分焦急的时刻，戴振涛提出检查调速器其中一个关键组件的建议。这是他在得知发电机出现问题后，在发电机前连续观察两天两夜，通过查找资料、结合实践经验分析后得出的结论。设备厂家派来的技术专家半信半疑地看着他，抱着试试看的态度，对他所指的组件进行了检查更换，结果问题迎刃而解，技术专家连竖大拇指称“大船工人，了不起”！

虽然受到了夸赞，但戴振涛觉得这不单是对他一个人的敬佩，更是对大船一线技术工人的褒奖和肯定。后来，他与班组其他成员一道累计攻关发电机问题 36 项，解决调试关键问题 42 项，保证了设备调试和安装的进度，为集团创造了不菲的经济效益。

在工作中，戴振涛越来越感到只有努力学习借鉴别人的长处，弥补自己的短处，做到取长补短，才能在工作中挖掘潜力，体现自身的价值。

在某工程的舵系分解和调整过程中，因为该舵系体积

戴振涛工作场景

太大，结构复杂，尤其是舵系的轴承和推力轴承的分解更为复杂，而且在分解过程中既没有图纸也没有详细的说明要求，戴振涛主动承担了这项任务，查阅大量舵系的轴承和推力轴承分解的资料，结合所积累的实践知识，进行技术分析，做了充分的生产准备工作。经过艰苦的摸索攻关，他终于弄清了舵系的结构和安装要点，圆满地完成了舵系的分解和安装任务。

此后，某工程辅助设备的安装，无论是因图纸描绘不清而产生的装配困难问题，还是因结构设计不合理而导致的设备与结构不匹配问题，集团都交给戴振涛所带领的团队来承担。自该重点工程开工以来，戴振涛所在的班组在完成本班组生产任务的基础上，解决重点设备难点问题6个，由此节省资金28万元。

作为一名工匠，手艺很重要，精品的打造就靠手与眼的配合，以及经验的积累。在舵系的装配研磨工作，因为舵杆与舵叶需要进行液压装配，舵轴与舵叶的接触面需要进行研配，钢与钢的接触面要能达到密封住压力。在长期的训练后，戴振涛能通过研磨手法把舵轴与舵叶连接的孔，达到舵叶孔内每寸见方有6个以上着色点，舵轴与舵叶的接触面保证0.02毫米塞尺不入，可以密封住600公斤的油压。通过研磨手法的运用，确保了大船的舵系能在惊涛骇浪的大海中安全运行。

因为技术突出，工作责任心强，戴振涛被选入大船集团在全球享有盛名的“VLCC油船建造团队”，这是大船集团的拳头产品，以极高的生产品质和极低的故障率闻名全球。

对戴振涛来说，这既是荣誉也是挑战。一想到能像当年父亲成为建造“大庆 30”号船青年突击队队员一样，戴振涛就浑身是劲儿。那是 1971 年，为缓解海上运输紧张的状况，实现国家的北油南运计划，戴学华被选入青年突击队，和工友们全吃住在船厂，24 小时三班倒地轮流施工，最终和工友们创造了从船台合龙到下水只用 15 天的奇迹。

父亲每讲一次，戴振涛就感动一次。现在他终于也进入了新时代的突击队，当然要跟父亲一样，创造出属于自

工作中的戴振涛

己的荣光。

VLCC 油船对货油泵与透平机的安装要求精度高，其施工难度大，对生产节点影响更大，而油船能否卸油，关键的设备就是货油泵，因而货油泵的安装进度制约着船舶的海试工作。以往的货油泵与透平机的安装找正工作是在船体成型下水后再进行，造成施工人员劳动强度大，工作环境差、建造成本高的问题。为了解决这一生产技术瓶颈，戴振涛梳理以往的施工经验，统计施工数据，通过对数据的整理、经验的总结，创新提出将以往货油泵在船体坞内合龙阶段的施工任务，前移到船体总组阶段进行，把水下找正工作移到下水前进行。通过一系列工序创新和工艺改进，不仅减小了人员的劳动强度、改善了施工环境、降低了建造成本，而且也大幅缩短了油船的建造周期。

目前，大船集团 VLCC 建造接近全球 VLCC 船队的 15%，大船集团“VLCC 船队”在全球已经享有盛名，戴振涛的技术攻关为此贡献了重要力量。

第六章 最年轻的班长

2007年，集团开启改革，为鼓励、培养年轻人更快成长，挑起团队的重担，在集团领导和工友们的共同推荐下，29岁的戴振涛成为大连船舶集团最年轻的班长。之后，他带领班组员工从事各类船舶辅机及舵系、货油泵、透平机的安装、调试和交验等工作，其所负责的4.5万吨化学品成品油船、3.5万吨多用途成品油船、1800TEU集装箱船、30万吨油船以及军品的生产任务，均按期保质完成。他的班组，也成为大船集团中数一数二的攻坚班组。

“领导把你放在这个岗位上，就要把工作干好。不积极进取、不肯承担责任、不肯实打实地干活，那你就别干这份工作。”为了不辜负领导和工友的信任，戴振涛白天和班组员工一起在船上工作，晚上下班后再回到班里梳理班级工作，并分析每名班组成员的思想状况。为了更好地统筹班内工作，他拟制了《班组管理工作记录本》《班组日常工作安排》等管理措施。

刚当班长，戴振涛就意识到，工作中最敏感的问题就是奖金分配。他多方征求意见，跟班组成员谈心，制订了“按劳分酬、多劳多得”的奖金分配原则，并根据每个人每月的“工时、休息、加班、综合技术难度”情况，制定了《班组奖金分配草案》，并打印出来发放给班组的每个人，请大家提出意见，再修改完善，直到大家都同意了才实施。

任务分配上，戴振涛做到了公平公正。因为他平常对班内成员的能力水平有充分的了解，知道每个人擅长的工作和特长，所以在派遣任务时就会优先考虑，把合适的人放到适合的岗位上。同时按劳取酬，多劳多得。任务难、强度大的工作，谁干得越多，月末的奖金就越多。

为了保证公平，戴振涛还准备了一个专门的本子，详细记录每个人每月的工作量。另外，他还与班内的另外三名班委会成员共同核对及商讨奖金发放，最后在每月的29日公示。这种分配方案坚持了十多年，大家都觉得公平公正，没有一个人因为奖金分配而不满意。

良好的机制，公平公正的奖励方案，无疑调动了大家的积极性，因此戴振涛所在的班组年年是先进，得到了领导的多次表扬。

笔者拿着戴振涛桌上发旧的《班级日常工作安排》《班组管理工作记录本》粗略地看了一遍，奖金发放项目有休息、加班、工时、常规配合、晚班、舵泵、舵承、舵机安装、系泊工事、航海工事、设备保护等类别。

奖金分六档：

一档，技能水平高，工作能力强，善于沟通协调、工作态度突出、有高度的工作责任心，能够独立带领、帮、带成员保质保量、高效地完成班组的生产任务，起到领班的作用。

二档，具备一定的技能水平，工作积极主动，具有一定的责任心，工作效率一般，能够认真按照要求把分配的工作完成，起到帮带中骨干的作用。

……

六档，技能水平、工作态度一般，工作主动性不强，效率一般，基本能够按要求在他人带领下完成工作，起到帮带中跟班的作用……

还有班组奖励和处罚等，一切尽在明处，让大家监督。

戴振涛积极关注团队的发展，注重管理体制机制创新。长期扎根造船第一线的他非常重视调动团队员工的工作积极性，并能从长远考虑，为团队培养“能兵强将”，把自己掌握的技能传授给年轻人。面对团队新老成员比重失调、老成员思想难统一的困境，他立足现有条件，用现场强化技能的训练模式突破新员工技能不过关的难题。为此，他组织班组开展“导师带徒”活动，他和团队中经验丰富的师傅采用“一带一”的形式，对年轻员工进行技能培训，帮助他们提高技能水平。

为了团队成员能够更好地掌握部件及设备基座、垫块的研配方法，使班组员工对于各种状态下的研配有更深刻的认识，戴振涛根据现场施工情况，制作操作工装组织技能培训，并亲自示范和指导，进行讲解考评，使团队成员

戴振涛（右一）召开班会

的技术水平普遍得到了提高。

在某船的系泊调试中，戴振涛所在的班组承担着大量的汽轮设备调试任务。设备操作复杂，极易因操作失误导致设备的损坏事故发生并造成重大的经济损失，影响工程的施工进度，他就组织班组成员认真学习汽轮设备的工作原理和操作程序。通过理论的学习和实践的操作，他总结了一套操作经验，并在班组针对专项工程设备调试工作提出“三精细”要求：设备运行前“精细检查”、设备运行中“精细操作”、设备运行后“精细保养”。通过落实“三精细”要求，戴振涛所在班组承担的设备调试工作避免发生质量事故十余起，未发生一起因设备调试造成的质量事故，圆满地达到了“零缺陷传递”和“美观造船”的要求。

在某船第一次海试中，面对机舱六七十摄氏度高温的工作环境，戴振涛带领班组成员心无怨言，埋头苦干，充分发扬了“特别能战斗、特别能吃苦、特别能奉献”的大船人精神，圆满地完成了任务。

在休息室，笔者遇到了戴振涛的同事任师傅，任师傅告诉笔者，戴振涛是他见过的工作最努力的年轻人。

任师傅，名叫任振和，是一位出生于20世纪70年代的老师傅，他是1986年社会招工进厂，一直干钳工。戴振涛比他小8岁，是年轻班长。任振和非常佩服戴振涛，觉得他实至名归。

任振和说：“我个人非常信服戴振涛。无论是技术方面，还是人品方面，都非常认可。他很有才华，是个人才，虽然年轻，但我很信服他。”

有些技术难关，当任振和干着有些吃力时，他都会向戴振涛请教。戴振涛一般三两句话就能点到问题要害。

戴振涛的技术别说在车间，就是在整个集团也都首屈一指。虽然身为班长，也是技术骨干，但每个人都有短板，遇到自己不太明白的，戴振涛也会向任振和请教。任振和是知无不言，二人互相取长补短。

说起戴振涛，任振和赞不绝口：“这小伙行，行，行。技术好，心地也善良，不容易，好几十年了，我跟他没红过脸。对于工作中的任何事情，他的标准都很高，悟性也极高，多年下来，无论是不是自己的专业，只要跟舾装有关，在技术上基本没问题。”

离戴振涛办公室只隔着两间房子的休息室里放着几张床，一张长条办公桌，围着七八个穿着工作服的工人，他们又说又笑，还不时地大声唱着歌：

咱们工人有力量，嘿，咱们工人有力量，每天每日工作忙。嘿，每天每日工作忙。盖成了高楼大厦，修起了铁路煤矿，改造得世界变呀嘛变了样。嘿，发动了机器轰隆隆地响，举起了铁锤响叮当，造成了犁锄好生产，造成了枪炮送前方……

出生于20世纪80年代初的郑鸿鹏，是戴振涛最小的徒弟。丹东人，胖乎乎的，人很直率。他是从休息室被笔者叫出来的。

郑鸿鹏穿着一件海魂衫，见人就憨憨地笑着。一听笔者是军人，马上就说，他对军人很有感情，他有一个亲戚也在部队，在北京。他在渤海船舶学院学的是钳工专业，毕业进厂后才发现在学校学的都是书本上的理论知识，和实际工作相差很多，进厂就必须从头学。

戴振涛不嫌郑鸿鹏基础差，一对一手把手地教他，从船上曾经出现过的安全事故讲起，到在工作中要注意哪些，哪儿易出错，哪儿危险，每天都有很丰富的内容，好多都是郑鸿鹏在课本上没学过的。“戴师傅老给我讲，钳工是安装设备的，有些大型设备太沉，靠人力搬不动，就需要起重师傅用吊车安装。施工中立体交叉作业比较多，要远离一些吊运或者大型的设备，安全是第一位的。严格遵守安全操作规程，严守各项安全生产规章制度，正确使用好个人防护用品等，上班前，他还要仔细检查我们是否戴好了安全带，穿好防护服。在工作中，防止因挥动工具，导致工具脱落，工件及铁屑飞溅造成的伤害等，可仔细了。”

难度最大的是辽宁舰，很多技术完全空白，需要反复实验后再和厂家院所进行有效的交流沟通。此时的戴振涛就不只是负责安装，还要承担很多核心数据的测量与计算。很多时候，虽然图纸上有数据，但在实际安装时会发现仍存在这样那样的问题，达不到安装的要求，就只能根据自己的经验提出新的方案设想并自行论证。

戴振涛就带着郑鸿鹏一步步地研究图纸，同时参照科研院所要求的安装工艺达到安装的标准。图纸是设备安装的坐标，在船上它有自己的坐标和朝向、外形，测量要根据实际情况具体调整，水平度和每一个部位吻合，高度与地面吻合。这里面的学问太多了。郑鸿鹏跟着戴振涛一步一步来，一点都不敢大意。郑鸿鹏笑着说：“做梦都在学呢，没办法，戴师傅要求严，不会他还得重新教，为了不让他辛苦，我只有努力地学呀！”

为了能看懂外国器械的说明书，戴振涛就自学英语方面的专业术语，常常学到夜半三更。后来设备全部国产化了，戴振涛倍感自豪，但也不时地跟徒弟说：“要跟上世界先进水平，英语不能放弃，你们年轻，多学些，肯定有用场。你不懂，随时来问我。”“他懂的可多了，大家都叫他‘智多星’。”郑鸿鹏说道。

谈到师父帮助过自己的事情，郑鸿鹏挠着头不好意思地说：“太多了，真的太多了。”一急，他反而想了半天也没说出来一件事。可能两人长期无间的相处，让郑鸿鹏觉得随时去请教甚至求助师父是再正常不过的事情。无论是工作上，技术上，还是生活上，包括结婚生小孩、买房等一些人生大事，还有父母生病该去哪家医院，这个症状应该去看哪个科室找什么大夫等各种问题，郑鸿鹏都会“请教”戴振涛。戴振涛凡是知道的，都会耐心地解答，自己

大国工匠与大连市创新能手师徒结对签订仪式（右二为戴振涛）

不知道的，会告诉他找谁，一直到把问题解决为止。

船厂的工作，从周一到周六都很忙。下班后，大家还会根据工作量，轮流加班大概两小时。而戴振涛几乎每天都会留下来，去船上看看有没有情况或者其他安全问题。一次某舰在坞内维修，舵叶怎么也拿不下来。戴振涛知道后，饭碗一搁就跑到现场，仔细检查后，跟工作人员仔细讲解了技术知识和操作原理，不到半小时，难题就解决了。郑鸿鹏走时，又想起了这件事，给笔者补充道。

随后进来的是工友焦春海，他最早是干装配工作的，单位合并后开始当钳工，现在是钳四班的副班长。他与戴振涛都是大连船舶技术学校毕业的，但比戴振涛高一届。

分班时，焦春海因为跟戴振涛是校友，平常也熟悉，就来到了戴振涛的班组。

虽然年龄相仿，但戴振涛还是从头一点点地教焦春海。

电焊和钳工属于两条航道，一点儿都不搭边。焦春海平常就在船厂工作，对钳工工作并不陌生，但真正的技术，还得从头学。

焦春海有很多不懂的机械理论，戴振涛就找来理论书，让他先学习，还给他讲了其中要掌握的重点。理论毕竟只是书本上的，为了让焦春海有个直观的理解，戴振涛就将机械设备拆下来，仔细讲解内部的构造与研配的原理。讲着讲着，戴振涛就让焦春海自己操作，说只有亲自上手才能摸清其中的门道。焦春海不会，戴振涛就手把手地教。无论严寒还是酷暑，戴振涛总是陪在焦春海身边，边干边讲注意事项和操作要领。焦春海哪儿干得不对，戴振涛马上就指出来，一点都不放过。

最难的是研配，焦春海起初一点都不会。

研配，就是把两个铁板接在一块，听起来简单，但精度要达到研配后一根头发丝都插不进去，这还只是最基本的钳工工作要求。刚开始，焦春海根本达不到微米级的精度要求。戴振涛就反复给焦春海讲研配的要领，盯着焦春海反复练，之后戴振涛再告诉焦春海应该怎么自测，哪个地方有缺点。有时候一厘米的铁板内要有五个绿豆粒般的小点，需要拿砂轮点出来。

焦春海喝了口水，说道："戴振涛从来不嫌我工作慢，也从来不会没耐心嫌烦不愿意教，哪怕我反复弄错，他都耐心地告诉我哪儿没弄对，哪儿没达到精度标准，哪儿还可以干得更简便、更细致。戴振涛讲什么东西都是讲到底，而且教得很细，这一步讲完了，我领会了，再讲下一步。有时我自己都不好意思了，他说：'没关系，你要没听懂，我再讲一遍。’有时天晚了，别人都下班了，他也不急，说‘你学会了我再走。’”

正常情况下，掌握钳工的基本技术需要两三年。但在戴振涛的悉心指点和帮助下，焦春海半年就掌握了钳工技术，现在已是副班长了。

生活上，焦春海说戴振涛也是一个乐于助人的人。无论谁家有红白喜事，还是有什么其他着急的事，只要他知道的，都会想办法帮忙。

如今焦春海的工作日益娴熟，不用再麻烦师父了，但其他工人遇到技术难题还是会去找戴振涛，戴振涛依然知无不言，耐心讲解。

所以，大家无论对戴振涛的技术还是人品都非常信服，说，只要有戴班长在，没有带不好的徒弟。

当笔者问道钳工和电焊工哪个难时，焦春海说，相比电焊，他认为钳工的工作更难。只要上船，工作都很累很辛苦，不吃苦没有一项技能是能练出来的。相比之下，技术更全面点的还是钳工。

“车钳铆电焊”，为什么“钳”排在第二，就因为钳工是一个船的主体工种。不管是动力，还是船运行起来，各个方面都离不开钳工。整个船从开始干到结束，钳工都需

戴振涛（右）现场教学

要在场。

当笔者问未来机器人是否能代替钳工时，焦春海马上打断笔者的话，急着回答，不可能。因为有些边边角角的地方，机器不可能进去，也没法达到安装的精度，只有人工才能完成。不只是安装，钳工必须在装配之后再拿尺子校验，保证是一个平面。一旦校验不好，大船在海上航行时就是歪的，一歪里面的齿轮就容易摩擦打薄，很容易出现机械故障，引发重大事故。

机械运转起来之后还涉及调试，这个机器无法操作，只有人可以。焦春海自信满满。

许多工人告诉笔者，追求极致一直是戴振涛的目标。一次船上有一台设备需要维修，戴振涛安排班组成员去维修。维修完成后，戴振涛去检查时，发现关键部位维修后的设备间隙数据已达到设计要求的最大极限值。他立刻要求重新调整，可班组内的成员却说只要在设计的范围就行，再动手修改会很麻烦。戴振涛坚持一定要调整到最佳间隙，他说，虽然现在设备的运行没有问题，可这些只是暂时的，长期在临界值运行很容易造成设备在海上损坏，对航行有极大的安全隐患。说完，他亲自动手，和班组成员一起重新查找问题，最终调整到最佳间隙，保障了设备安全可靠地运行。

回味着一个个工人的话语，笔者翻着戴振涛桌上四五十本发黄的散页的笔记本。本子的纸张质地，从简陋到精致，字迹从拘谨到洒脱，不变的是认真。内容记得密密麻麻的，有管理的，有学习体会的。其中有这么一段，引起了笔者的注意：

2009年9月15日

明天要告诉大家，不要轻易把易燃易爆物品带到船上；船上施工注意不要损坏电缆，带保护具，拉练检查，国营班组员工佩戴保护具不好。在坞底干活，一定要佩戴好保护具。船体上的焊接易脱落，下周安全本、巡视本要检查。

质量：确保焊接过程，设备安装程序。

保卫保密：图纸管理一定要到位。有些班组员工有随意乱放图纸的现象，我们班一定不能出现这种情况。

密图管理施工时可以去借，当天五点前必须还到资料室。

文明生产：做好生产的清理工作，生产的垃圾及时清理，船上咱们拆卸的旧螺栓等及时清理掉，做到现场干净整洁。

生产：加班。本周一三五下午四点半喷油，需要加班的小郭、小王、任师傅，请加强横向联系，做好螺栓提前准备。提前发现问题，及时反馈，跨接片要及时统计。

管理：所列计划，一定要落实。对大家反映的问题，要及时反馈。图纸要求看一下是否是最终版本。不要一味地赶进度，质量第一。

人员思想分析：

刘师傅家里着火了，休息日得去看看有什么我们能帮着解决的，解决不了的，得向厂里反映。

小郑掌握技术很快，但是性子急，要告诉他，工作要稳，心要细，不要急。

小杨最近上班时没精神，明天得找时间跟他谈心。

……

上面有些画红线，打对号，有的打三角符号，戴振涛告诉笔者打对号的是已经完成，三角符号的是重点。十几年了，他竟然还清晰地记得，也没舍得扔。

戴振涛说，新工人来了，有些方面可以参照，还有新的班长可以让他们再看看。工作是没有现成材料的，只有在实践中摸索得来的经验，才有操作性。

“我常对徒弟们说，钳工做的是精细活，要钻研，耐心地做好每一个基础工作，”戴振涛说，“我希望不只把技术，更能把我所理解的‘工匠精神’传授给现在的年轻人，把平凡的事做好、做细致甚至做到极限，为集团、为国家建造出更多更好的船舶。”

第七章 只有执着，才会成功

进厂后，戴振涛进步神速，不到三年就能独立干活，四年就能领班完成工作任务，是同批学员中能力最强的。当时船厂的经济效益不是特别好，每个月只有四百多元工资，到2000年才刚刚上千。

身边的人纷纷跳槽，有些同学也跃跃欲试，戴振涛在各种议论中，心绪复杂，他常常坐在海边的礁石上，望着来往的船只，想象着到远方去，也许会有更广阔的前途。但他终是舍不得离开船厂。

时间一晃到了 2001 年，戴振涛跟厂里签的第一个五年合同到期，正好赶上出国潮，戴振涛技术出色，干活也不惜力，人品又好，同批的同学就纷纷怂恿他一起去爱尔兰，说，爱尔兰东靠爱尔兰海，与英国隔海相望，是北美通向欧洲的通道；那儿工资高，环境好，社会福利好，中国人也多，几乎没有语言障碍，干得好，三四年就可能移民；某某某都走了，没多长时间就给家里寄回了钱。同学的话，让戴振涛内心像一锅煮开的水，开始沸腾了。

出国！出国肯定有更好的发展。这个生于大连长于大连的年轻工人，还从来没有出过国，到其他城市的机会都很少，望着大海上飞翔的海鸥，戴振涛的心也跟着飞到了异国他乡。

正在戴振涛心绪涌动时，集团管人事的大姐在办公室找到他，拿出一份 10 年期的合同让他签。

戴振涛拿着合同，暗自寻思，10 年签完，不相当于把自己的全部青春捆绑在船厂了？我才 23 岁呀，难道人生就只在船厂度过，一生都能看到头了。思前想后，戴振涛对管人事的大姐说："我先签一年，行不行？"

没想到大姐惊疑地睁大了眼睛，说："小伙子，别人想签 10 年都签不上，结果你还不愿意签！你可得好好想想。这种机会可不是谁都有的，过了这个村儿就没有这个店儿了。”

戴振涛一了解才知道，该年所有续签的工人，集团只给两个人开出了10年的合同，其中一个就是他。他也是这时才明白，虽然自己平常只是闷着头干活，但厂里各级领导却一直关注着自己，默不作声地在培养着他。

戴振涛心有所动，但感觉这是大事，须回家跟父母商量一下。下班后，因为心急，加上当时是7月，天气已经很热，他也顾不上擦脸上的汗，一路急蹬着自行车，穿过车海人流，飞奔回家。上楼梯时，他几乎是一路小跑着，后背都湿透了。

可一进门，戴振涛看到墙上他在厂里得的大大小小的奖状和奖牌，一时不知跟父母如何开口了。吃饭时，因为有心事，所以他吃得也心不在焉，几次拿着筷子发愣。

细心的母亲问戴振涛怎么了，是不是有心事。

他摇摇头。

知子莫如父，父亲问：“是不是工作上出了什么问题？”

“没有，没有。”戴振涛掩饰着，但看到父亲锐利的眼神，还是把自己心中的犹豫说了出来。

在船厂当了一辈子老工人的父亲，当然舍不得让唯一

戴振涛（左二）在工作现场

的儿子离开自己心心念念的船厂。还是父亲的一句话厘清了儿子纷乱的思绪："涛呀，10 年合同啊，厂里对你那么好，领导信任，组织的悉心培养，工友们也支持你，你怎么还有外心？再说，到外面能有多好？语言不通，人生地不熟的。"

戴振涛一听这话，第二天一上班，就跑到人事部门，踏踏实实地签下了 10 年之约。

这一次签下来，戴振涛的心就留在了船厂。

2005 年，戴振涛在集团已小有名气，干什么活都是出类拔萃的，班长安排的任何工作他都能按时保质出色地完成。恰逢国内经济加快发展，外边的各大船厂开始招兵买马，一位同学想挖戴振涛和他一起去山东的一家船厂工作，底薪一万元。这对当时工资只有三千多元的戴振涛来说又是极大的诱惑。他琢磨着自己在船厂能学的技术也差不多都学完了，现在有这么好的机会，趁着年轻，是该走出去闯闯了。

“我总不能一辈子待在船厂，到外面去走一走，兴许会有更多的机会。我们好几个同学都走了。”戴振涛把心中的想法一股脑儿地全告诉了父亲。父亲的脸色马上变了，把茶杯重重地砸到桌上，说：“戴振涛，你是不是觉得自己翅膀硬了，厂里容不下你了？你到厂史馆好好给我去瞧瞧，就知道你是几斤几两了。船厂离了你，照样蒸蒸日上；可你离了船厂，啥都不是。”

一听父亲这话，戴振涛坐到饭桌一边，不说话了。

父亲看到这，口气有些和缓，又坐到儿子身边，耐心地说："涛，你别急，听爸给你细细分析。咱们是全国有名的大厂，承担的都是全省甚至全国的大任务，这是多少工人梦寐以求的事呀！挣钱多少，那是次要的，关键是工作稳定。我到厂里了解了一下，各级领导重视你、欣赏你，人再能，没有好的环境，一切都是白搭。鸟只有在天空中，才能飞得更高。你在厂里多年，领导和同事知根知

戴振涛（左）在检修设备现场

底，离家又近，方方面面都能照顾上。到了外面，谁知道会发生什么。”看到戴振涛还不说话，戴学华又说：“振涛，听爸的话，只要好好干，在船厂你会干出更大事业的。咱厂，牌子在那放着呢，底子厚，有前景，社会发展那么快，只要有海，就不会少了咱们船厂工人。”

父亲的预言成真了，20年后的戴振涛，不但被大船集团评为特级技师、荣膺“大国工匠”，每个月的收入也大幅增加。而那些出去的朋友们，在外面混得并不好，许多人都后悔出去了。

“这时，我特感激我爸。而在当时，看到同学们起初挣了钱，我还后悔了半天呢。人还是要往长远看。”戴振涛由衷地说。

第八章 他生日那天，航母交付海军

就在戴振涛一门心思地深钻业务时，一个天大的喜讯向他招手了。

“没准有一天，我能参与航母建造。”几年前的一句玩笑话，没想到如今机会真的来了。从航母被拖进船厂的刹那，戴振涛就明白自己要做什么了，他毅然放弃了外面多次的高薪邀请，留在了大连造船厂，随时准备接受更艰巨的任务。

2006 年，戴振涛终于收到了船厂的征召：配合科研院所对船上的设备进行研究和勘探，看看船上的设备还有没有再利用的价值，最关键的是，看看有没有可能再把航母开起来。

“当时我还是班组的组员，接到通知要我参与辽宁舰的勘验工作，把我激动得呀，一整晚都没睡着。上了船，觉得这也好奇、那也新鲜。”戴振涛回忆道。

第一次走上航母的甲板，戴振涛望着远方的海平面，难掩心中的激动。平复好心情，这儿的结构也看不够，那儿的构造也觉得新鲜，第一次上去的他不觉间就走丢了：船舱下面曲折复杂的结构和房间太多，又都大同小异，有时从这个梯子口下来，走几步另一个梯子口又能上去，梯子长得都一样，船上也没有人，连灯都没有，转几圈就迷失了方向。

后来，戴振涛和大家商量好，每次进船体要带两个手电，走到哪个楼梯口就用粉笔做个记号，这才慢慢地摸清了内舱的结构和方向。

每天早晨八点半，戴振涛都会穿着蓝色工作服，准时骑着自己的小红车来到船坞，开始一天的工作。

一开始，厂领导安排戴振涛负责动力系统的安装工作。动力系统包括主机和辅机等结构，他主要负责船舶螺旋桨的旋转推动前进。当时，俄罗斯已经很多年没再造航母了，美国又不可能透露任何技术细节，“瓦良格号”只有船体却没有任何图纸，几乎全部核心的技术设备都已被拆除掉了，能做的就是利用已有的工装设计与创新发明来解决设计方提出的工艺要求。至于解决办法，很多时候只能去“猜”，能“猜”出来才能去试。戴振涛明白，国家已经做了无数的努力，从现在开始，一切都要靠咱们中国工人自己的思考与智慧了。

除此之外，戴振涛还需要与科研院所的专家沟通施工方案。有时候专家定出的方案在船上实际上执行不了，戴振涛就得带着他的团队研究新的方案并与专家沟通，并且需要保证新的测量方法和标准都符合原始的设计要求，这些都得在现场不断调试、摸索方法，再与科研院所的设计团队沟通，讲清楚新方案在船上到底怎么施工效率更高。双方团队再根据新方案一起测量商议，论证方法的可行性，直到大家都认可了新的方案，才能继续与军代表沟通，形成最终的优化版方案。

船上的大部分设备是蒸汽动力设备，实验结束以后不能马上进入维修阶段，因为管路都是高温高压的，舱内的温度非常高，也容易出危险，所以每一次几乎都要等到下

戴振涛（右）查看设备

半夜，等管路略微凉一凉，他们就马上投入维修检修的工作中。戴振涛与班组成员经常工作到凌晨两点，回去睡上3个小时，凌晨五点就又要投入紧张的实验中了。实验测试最高速时，要求每个人都要持续地待在岗位上，大家连上厕所基本都是一路小跑着。因为舱内的温度很高，当时为了保证对实验过程问题的观察，前期所有高温高压的管路都是不能裹绝缘材料的，很多工作岗位的温度都能达到60摄氏度，但大家依然坚守在自己的岗位上，为求得最好的实验效果，付出了极大的艰辛与努力。

在进行全速实验时，为了测量出船体能稳定行驶的极限速度，设定稳定极限速度的时间必须在半小时以上。刚开始因为设备之间的工况数据匹配存在摸索过程，失败了好几次，总是达不到稳定要求。

航母的机械设备安装空间又很狭小，任务繁重，安装精度高，每一个细小的错误都会付出惨重的代价。涉及的岗位又很多，几十名工人都有自己的站位，负责各自设备的操作。船舶一启动，每个人都特别紧张，目不转睛地紧紧盯着仪表盘，看自己负责的参数是否处在正常区间，是否能时刻保证设备达到设计工况的要求。所以，当航母高工况平稳运行后，船上所有的工人都热泪盈眶。因为几十项数据的稳定就标志着这条船达到了设计的要求，也为下一步的飞机着舰打下了坚实的基础。

作为造船人，能建造成这样一个海上平台，代表着国产技术达到了历史上的新阶段，对祖国交出了一份合格的答卷，他们怎能不自豪呢！

戴振涛对自己负责的业务十分精通。机舱里的百余套设备，每台设备他都会操作，遇到突发情况，只有他一个人时，也能从技术上解决全部问题。

一天，戴振涛忙到晚上八点多才下班，刚到家，正准备吃饭，就接到了值班队员的电话：船上机舱的所有设备都停止运行了。当时正值寒冬腊月，因为天气很冷，所以机舱内的锅炉和辅机都要全部打开运行。白班的人都是检查了所有设备正常运行后才离开的，怎么突然就停运了呢？船舶是蒸汽动力的，各个管路里面都残留着水，如果晚上不把设备全部运行起来，管路里的水就会结成冰，膨胀的冰块会堵住管路，冻坏壳体，管路里的垫片也会被冻坏。

情况危急，戴振涛立即放下碗就要走，妻子嗔怪地说：“再忙也得吃饭呀。”

“给你说不清，我得马上走。”戴振涛拿着羽绒服就冲出门。妻子朱少红追上去，递给他一个热馒头和一条围巾，说：“骑车子慢点！”

一出门，戴振涛立即叫上另一个锅炉班的班长，两人顶着呼啸的北风，半小时后就进到了厂。他们仔细排查了一圈，发现是船舶的汽水平衡出了问题，仔细维修完，两人就分头打开船上所有的设备。锅炉班班长负责所有锅炉，戴振涛负责其他的设备。燃油泵、滑油泵、给水泵、增压风机……开完一个，观察一会儿运行情况，看没问题，再去开下一个。就这样，原本需要几十人才能操作的船体，他们两人就全部做完了。看着戴振涛操作得如此娴熟，锅炉班班长惊讶之余不禁调侃道："看来用不了那么多人，咱俩就可以把航母开起来了！"

2010 年，在基本完成动力设备、辅机设备、止动装置的安装调试任务后，戴振涛接到了安装我国第一台航母阻拦机的任务。

阻拦机安装得好与坏，直接关系到国家培养的优秀飞行员与价值数亿元的舰载机能否平安着舰。戴振涛感到压力很大，好几天晚上都睡不踏实，他在想，当组织把如此价值昂贵的物品和飞行员的生命都托付给他的时候，他还有什么理由不去把自己分内的工作做好，做到精益求精。不，准确地说是万无一失。

航母阻拦机，是一个帮助舰载机着舰的装置，就是用一根钢索拉住正在降落的舰载机。舰载机着舰时为了确保可以随时复飞，都是加速降落的。因此，要在 3 秒内将重达 20 多吨、时速高达 250 公里的舰载机在 200 米的甲板上停下来，阻拦机至关重要。而阻拦索的材质却不像皮筋一样可以伸缩，它要靠阻拦机中的导轨来帮它实现像皮筋一样的缓冲和拉力作用。如果导轨运行时发生一点不顺畅，就可能导致严重事故。

而阻拦机是第一次安装在我国的航空母舰上的，在无任何舰上安装建造经验，又没有外国资料可以参考的情况下，最大的难题就是对设备精度的要求非常高，20多米的导轨，精度却要达到微米级。而且，这个精度在陆地上测试完区别不大，可一旦到了海上，风浪、日照、载重，都会影响数据的精度。

“航母阻拦机是我带着本班组人员亲自安装的，从设备一点点怎么上船，到怎么把阻拦机的很多零件组合在一起，零件之间有相互关联的数据链尺寸要求，我需要带领班组把阻拦机按照标准的精度要求安装到船上，保障设备运行可靠，”谈到航母阻拦机，戴振涛坦言它基本算是辽宁舰上安装难度最高的设备，“这个设备是高速运行的，而且承压非常高，所以对于设备平稳运行的要求就非常高。”

阻拦机是一个占据了整个船尾的大型设备，每一根导轨都有十余米长，而且必须达到每米水平精度不超过一根头发丝六分之一的误差。在示意图上，戴振涛标记出了最基础的数十个安装测量点。一个点的疏忽，就会造成非常大幅度的数据调整变化。

阻拦机内有个特别大的液压油缸，在导轨上运行，再靠油缸的连接钢缆拉住飞机，所以运行中的平稳、平顺滑动就极端重要。一旦在哪个环节上油缸卡住，极大概率就会造成机毁人亡。为了保证导轨的精度可靠，就需要大量的时间去调整。因为所有滑板平面点都会有不同的数值，所以要达到精度要求，戴振涛在每一个滑动点上都必须统筹考虑整个平面、直线、对称度和水平度，这就需要大量的测量数据作为支撑。同时数据的精准度也非常重要，因为这将是之后每一道工序安装精准度的重要基础。

戴振涛与班组同事对各项数据要反复进行测量、计算、调整，诸如天气、风向、载重等因素变化，都要考虑在内。

阻拦机位于甲板下方的舱体内，舱体内没有空调或锅炉等设备，温度变化极快。炎炎夏日，烈日烘烤得甲板非常炙热，阻拦机所处的舱体内温度能达到 50 摄氏度，测量及装配时，他们经常一上午都要待在舱体内，安装各种垫片并进行导轨的调整。

为了得到最准确的数据，戴振涛每次需要测量两小时，每天至少测量 7 次，其中还有两次测量只能在温度相对恒定的凌晨进行。

清晨，薄雾渐渐散去，太阳缓缓向天穹攀升。一阵海风吹过，清新而舒适，海边散步、跑步的游人络绎不绝，戴振涛却无暇细品这份闲适，他把自行车停在船厂的船坞前，马不停蹄地奔赴“战位”。来来往往的人们看到这位穿着蓝色工装的钳工，身影总是那般匆忙。

“我们每天的工作，就是和这些数字打交道，有时候会觉得枯燥，但一想到我的计算调整结果，关系到航母建设的安全系数，又会觉得它们很亲切。每次解决完一个小问题的时候，就觉得心里特别高兴，很有成就感。”戴振涛说。

时间换来了上百万条的数据，这个数据库是安装阻拦机最重要的支撑。接下来，戴振涛还要进行大量复杂的计算调整，才能找到一个安装的精确参数，再根据这个参数对垫片进行精度调整。

早上给工人布置任务前，戴振涛要把所有流程在脑海中推演一遍，晚上交工时常常已是更深露重，但他从不会因为时间太迟而降低检查标准。“这是对每一天的工作负责，也是对航母质量负责。”

保证超长的阻拦机达到毫米级的设计安装精度，就像奥运射击冠军在数十米外精准命中十环靶心一样，需要考虑在安装过程中船体的变形、温度的变化等客观因素，这些都会影响安装精度。

每一次测算，只为离标准更近一点。

2011 年，辽宁舰进入航海试验阶段，而戴振涛作为技术骨干，参与了海试的完整过程，连续二百多天都漂在海上。没有任何国内和国外的参考数据，所有数据都得在实测和实验后一点点产生。在陆地上做的实验再多也是平台实验，真到了海里，受风浪、风力、温度影响，也包括船体的载重以及自身使用后的变形，很多数值的精确区域都会发生偏移。

那段时间戴振涛经常加班加点，干到下半夜，因为部分数据的测量只能等到太阳下山、船体基本不受日照影响时，才能进行精度测量。然后白天再复测，观察每个时间段变化的规律，再通过这个规律安装滑板和导轨，调整垫片的高度空间，最后才实测最终成品能不能满足设备运行的要求和技术标准。

为了达到最高标准，戴振涛经常带领团队在高温下一干就是几个小时，等人走出舱室时全身已湿透，身体虚脱。到了冬天，他又带着团队冒着东北沿海零下十几摄氏度的严寒解决技术难题，通过对测量数据的分析不断改进优化安装方法。

在将近两年的安装过程中，戴振涛及其团队花了大量的时间和精力，在不断变化的实际环境中反复测量各种条件下的数据，尝试着去寻找其中的规律，在不断的摸索中去做配套的工装，尝试去解决这些控制变形、影响精度的安装问题，将设备调整到最佳精度状态，先后完成了机舱动力设备、舵机等六百余套设备的安装和调试工作。尤其是在飞机起降特装设备施工中，完成了核心设备飞机轮挡止动装置、偏流板装置、阻拦机装置的安装及调试工作，使其在各种工况下经受住了考验，为辽宁舰的顺利交付作出了重要贡献。

“六年建造期，没有点精神，谁也顶不下来，”戴振涛说，“航母搞了这么多年，除了战略意义，也关乎着国家声誉，是脸面上的事情。所以一旦做好全部准备开始试飞实验，那就只能成功，不能失败。”

2012 年 9 月 25 日，是戴振涛和他的工友们永远难忘的日子。那天大海上白云飘飘，秋风送爽，大连造船厂将我国第一艘航空母舰——辽宁舰正式交付人民海军。

此时大船集团的码头，风和日丽，波平浪静。停泊在码头的辽宁舰悬挂满旗，舰上官兵精神抖擞，分区列队。

戴振涛在工作中

码头上的工人们穿浅蓝色工作服，望着辽宁舰上穿着白军装的官兵和舰上挂满的彩旗，他们坐在小椅子上，听着国家领导人讲话，那情景一辈子也忘不了。在交接入列的鸣笛声中，戴振涛的心情格外激动，他深知，在父亲曾经工作奋战过的海面上，作为第二代造船人，他是中国造船工业飞速发展的见证者，更是挥洒过汗水的亲历者。

在没有图纸、没有经验的情况下，从论证、设计到建造，中国航母工程仅用8年时间就搞出一艘像模像样的航母来，不得不说是一个奇迹。

辽宁舰的正式交付，是海军装备建设新的发展成果，实现了中国航母“零”的突破，开启了以航母战斗群体系为中心的海军舰艇新发展模式。航母入列，对于提高中国海军现代化水平、增强防卫作战能力，发展远海合作与应对非传统安全威胁能力，维护国家主权、安全和发展利益，促进世界和平与发展具有重要意义，也为实现中国梦，不断争取更高国际地位作出了巨大贡献。

“历史将永远记住这一天，中国海军从此迈入航母时代！”航母既是一个国家综合实力和海军实力的象征，更是大国在国际社会中所处世界地位的象征。辽宁舰交接入列，是人民海军建设发展的一个重要成果，标志着中国向着海洋强国的目标迈出了重要一步。建设一支有能力维护国家安全利益、与国家地位相称的强大人民海军，是从近海走向远海、深蓝的必然前提；发展航母，则是人民海军走向深蓝、让梦想照进现实的必然选择。

参加完交接仪式，戴振涛回到家才想起，那天刚好是他34岁生日，这份特殊的“生日礼物”，让他终生镌刻在心间。

父亲一看到戴振涛，高兴地把他拉到饭桌上，亲自给儿子倒了一杯酒，自己也端起一杯，说："来，咱父子俩今天敞开喝。"说着，在儿子酒杯上"咣"地碰了一下，自己一饮而尽，喝完才说："振涛，你还记得当年我给你说过的话吧。就是你要离开厂子时。"

戴振涛脸红了。

"我就说嘛，只要在咱们船厂，你就有机会。儿子，咱们中国多少人都盼望着有自己制造的航母呢，让你小子赶上了。这是多大的好事呀，几百年难遇呀。来，再喝一杯！爸爸为你庆功！"

戴振涛刚跟父亲喝完，妻子就笑盈盈地端起了酒，说："你辛苦了。"

"吃菜，不要空着肚子老喝酒。"母亲说着，夹起一只虾放到儿子碗里，那殷殷的目光，让戴振涛深深体会到成功的喜悦。这时，他才发现自己这两年忙得很少照顾父母，他们老多了。

刚开始接触航母工作时，需要严格保密，家里人都不知道戴振涛在干什么。有时父亲或者妻子问一两句，戴振涛就会严肃地说："这个国家有要求，不能说。"直到妻子一次偶然看电视，央视对外公布了大连造船厂在利用一艘旧船进行航母续建工作，才恍然大悟，明白了丈夫在做多么重要又艰辛的工作，更加支持他全身心地投入工作了。

戴振涛说：“参与航母建造是我一生最值得骄傲的一件事情，但最让我放心不下的还是战机能否成功着舰。”

2012年11月23日，歼-15战斗机从天空俯冲而下，降落在辽宁舰甲板的一瞬间，战机被阻拦索稳稳地拉住，成功地完成着舰。那一刻，戴振涛终于如释重负地长舒了一口气。

中国海军航空兵从此在我国首艘航母上安营扎寨，拥有舰载机战斗力的辽宁舰，从此成为真正意义上的航母。

第九章 『跟他在一起，心里就特别踏实』

在跟戴振涛去他办公室的路上，我们遇到了一位身穿工作服、头戴安全帽的近40岁的工人，他满脸黝黑，身体强壮。戴振涛称这个人是周科长（全名周建，为副科长）。他又对笔者说，他跟周科长共事多年，周科长是航母的大拿。一听航母，他们又共事多年，笔者忙问周科长有没有时间，想跟他聊聊。

周科长把安全帽取下来，爽快地答应了，背着手，跟我们同行。

上午的阳光，透过高大的白杨树，落在洁净的地上，形成了一片片光斑，在初秋的风中摇曳。我们踩着这光影边走边聊，进到舾装车间。通向楼梯的墙上，挂着一个个用镜框装起来的一系列保密手则、安全施工等有关规定。

我们来到二楼，楼道里干净整洁，时不时有穿着工作服的工人进进出出。

戴振涛所在的办公室里有五张办公桌，还有洗的袜子、背心挂在椅子上。他的桌子上放着尺子、铅笔，一堆工作注意事项和情况报告。还有一堆专业书，都摆放得井然有序。笔者翻了一下，有《船舶钳工》《船舶钳工识图》《船舶钳工工艺与操作》等书，里面画了不少红线，还写满了密密麻麻的注解。

在周科长与戴振涛聊天时，笔者急忙在手机上搜索了刚才上楼时看到戴振涛所在的舾装车间牌子时不懂的一个词：舾装。搜索引擎给出的答案是，泛指在各个生产阶段的安装工程，涵盖设备、管系、通风、电气、铁舾、内舾、武器等各个方面。其技术和管理过程，是当代船舶建造技术领域最为重要的课题内容；同时也是舰船领域最为高端的技术之一。对在这样高端车间工作的戴振涛，笔者又了解了几分。

刚合上手机，戴振涛就对笔者说：“文老师，你跟周科长聊。”说着，在茶几上放了几瓶矿泉水，走了出去，轻轻地带上了门。

天气还是很热，周建副科长坐到房间的一只单人沙发上，递给笔者一瓶水，随后指着茶几上放着的一个玻璃器材说，这是戴振涛发明研制的，叫激光测量平台，主要是测量角度、高度的。他又指着旁边花架上放着的一个仪器

戴振涛在工作中

说，这也是戴振涛发明的，叫设备找正定位仪。笔者轻轻地拿起激光测量平台，很轻，在船上工作，用起来一定很方便。试了一下，激光打在墙上，一条直线映入眼帘。

聊天中，笔者知道了周建是辽宁锦州人，是从车间里走出来的管工，后来走上管理岗位，全程参加了辽宁舰的续建工作。

“航母保障系统之前在厂子里没人干过，可以理解为把机场和大船结合起来，这在我们船厂历史上是没有先河的。”他说时，目光是凝重的。

周建和戴振涛的正式合作是在安装阻拦机的工作中。那时周建是负责航空保障的系统组组长，戴振涛多次与他交换意见，发现问题后双方各自从专业角度交流，互相吸纳，互相启发，以寻找更好的办法。

周建说：“阻拦机和止动装置都是特装设备，精度要求很高，一点资料都没有给我们，我们完全是在摸着石头过河。装止动装置时，挡飞机轱辘的那两个红色的挡板，下面有一个同步轴。如果稍有偏差，数十吨的飞机就可能滑行移动。安装时只能仰着脸装上去，可这样存在几个问题：一是施工难度非常大，轴体结构已经占据了非常大的空间；二是施工空间非常小，又得长期仰着头伸着臂施工；

三是这个要求精度非常高，稍微偏一点就得全部扒掉重新干。”就在这时，戴振涛突发奇想，能不能采用模块化的设计理念，提前把焊接止动装置的甲板切下来，先在地面上装好，再把整个模块焊到船体上不就行了？

戴振涛把自己的这个想法与周建商量，周建想了想，觉得有道理，两人说干就干。可在几次尝试之后，他俩都发现了问题：在陆地上的安装可以保证精度，但一旦焊接到船体上，数据的误差范围就控制不住了。数据一“跑”，后续怎么调也调不回来。

就在他俩一筹莫展、准备放弃时，戴振涛思索片刻，忽然说：“老周，如果咱们边焊接边测量，能不能保证精度呢？”周建脱口而出：“当然可以呀。”

于是，两人又开始重复之前的步骤，把设备整体吊装下来，靠焊接来保证变形的量。只不过这次边焊接边测量，正面焊接时一旦发现数据误差超过允许范围，他们马上到背面再去焊接，将数据重新修正。就这样，两人来来回回地试验了上百次，终于成功地把整个模块焊接了上去。

在周建眼中，戴振涛脑子灵活，又非常谨慎，对于一些数据的测量，他的标准超出了大家的预期。因为所有的分析不能只凭经验，而要建立在数据的基础之上，只有测出了相对精准的数据，才能分析讨论如何满足军代表提出的技术指标。

在这个时候，负责管理生产的周建分管机械设备、管系、电器、内装、结构等多项工作，首要任务就是确保工程进度，不能因为一件活干得特别细而完成不了既定的进度，这样就会影响整个研发和施工周期。但戴振涛的原则是，无论如何，先要把工作保质保量地干好，因此两人有时也会争执。每逢意见有分歧，两个人就停下手中的活计，周密论证，看怎样能在精细与工期间取得平衡。

2013 年 1 月 23 日，他俩随着航母第一次离开大连去青岛。

航海测试时，他们和海军官兵同吃同住，有时是四人间，有时是 12 人间，条件比想象的要艰苦许多。但在跟官兵的交往中，他们被深深地感动了。心想，造船工作虽然很辛苦，但就在家门口上班，经常能回家，而海军官兵常年在外，根本顾不上家，比起他们，自己幸福多了。战士们在业余时间唱歌、讲故事，这种乐观的精神时时感染着他们。这更坚定了他俩一定要把航母工作干好，让官兵放心，让全国人民放心的决心。

大船的很多装备都要在海试中调试。白天实验，晚上排除故障，他俩经常干到下半夜，没睡几个小时，一看到天亮了，人不叫，自己就醒了，为啥，惦记着清晨的试验呀！

“不过，怎么辛苦都值了，那可是咱们建造的中国第一艘航母呀，这是我们大船人一辈子的荣耀，无论老少，谁都明白这个道理。”周建说到这儿，开心地笑了。

工友王璐过来送水，又被笔者抓住了，他讲他与戴振涛之间发生的一件事。

2012年7月的一天，王璐正在辽宁舰上值夜班，前机舱特别大，几十米，动力系统的所有设备都在里面。突然，前机舱主滑油滤器的上端盖密封环坏了，整个前机舱滑油管路里都是油。滑油滤器突然漏了，喷得整个甲板上都是油，当时船上就他一个人，弄得手忙脚乱。好不容易把泵停掉，可目之所及的地方全是油，滴滴答答地往下落，跟下雨一样。那时已经凌晨两点多了，叫人也没办法，大家都回家了嘛。正当他手足无措时，没想到戴振涛那时还没回家，他知道有人值夜班，但是不放心，就到船上来了。

“当时，我看到一缕亮光朝我走来，我猜肯定是戴师傅。亮光越来越近，越来越近，果然就是他。我就像看到救星一样，一瞬间心里踏实了不少。人在最绝望的时候，来个人，心里就觉得特别温暖，我也从容了许多，大声叫了一声‘戴师傅’！戴振涛一看我满手都是油，二话没说就挽起袖子和我一起擦油（船上油太多，浓度高的话，怕发生燃爆或者着火的风险，必须都得擦干净）。上面的天棚用抹布擦，地上的用拖布拖，下面还有很多用吸油布、吸油

班组长培训现场

毡（专门吸油的工具），把油处置掉。油处置掉以后不能随便扔，怕有安全隐患，也怕污染环境，所以需要集体回收，就用吸油毡。从凌晨两点多开始，一直擦到第二天早上八点钟左右还没擦完，后来得知情况的人也跑来了。最后在大家的共同帮助下，才把问题全部解决。这时，我们互相一看，都笑了，两人脸上身上又是汗又是油，但很开心。什么叫朋友，这就是，”王璐停了片刻，又说，“戴振涛平常也会到甲板上，很多时候其实没有他的事，但他就是不太放心，后半夜他常常睡不着，就到船上看看。我知道他一是看工作的进度，二是担心人员的安全。毕竟大晚上的，一个人在船上万一出点什么事就会很麻烦。戴振涛这方面做得特别到位，我们大家都有目共睹。跟他在一起，人心里就特别踏实。”

“航母运行着看起来挺壮观，其实背后的各种小仪器小故障，都是经过千万次的实验才调试好的。我们确保完全没有问题了，才会交付咱们海军的。实验阶段，你不知道，天天都有可能出问题，漏油、漏水、漏蒸汽，方方面面的事儿太多了。所以，航母能跑得这么快，跑得这么好，都是背后无数人员的默默付出。哪怕到船舱内下去看一下，人身上的衣服汗渍像跟用盐洗了一遍一样，尤其是夏天，里面是密闭的舱室，外边的钢板一晒就透，哪怕什么都不干，穿着工作服进去转一圈，身上就全湿透了。里面的噪声很大，粉尘也特别严重，有焊接的，有打磨的，每一块钢板都是拼接焊上的，包括打磨除锈。我跟戴振涛虽然干了20多年，但每次都不敢掉以轻心。”王璐说。

一旁的副班长焦春海接话道：“航母分为前机舱和后机舱，设备都是一样的。一艘船有四个轴，前机舱是两根长轴，后机舱是两根短轴，四个轴同时带着螺旋桨，为船提供动力。全速的时候是四个主机四个轴都要运转起来，平常可能只开两个单位。锅炉点火，要真正掌握很不容易。因此，为了加强大家的业务能力，厂里每年会有晋级比武。为了学习，戴振涛先后到大连理工大学与海洋工程大学进修，后又取得了本科学历，给我们作出了榜样。”

王璐点点头，说：“之前，我们从来没接触过阻拦索，非常重要且极具危险性，这个工作当时我们都觉得很不容易完成。从外面学习完回来以后，戴振涛专门研究、解决了许多难题，才得以安装完成了阻拦索工作。”

“现在回想起来，干得最累的就是在辽宁舰上。当时我们都在甲板上，铁的温度非常高，为了测量很多人都中暑了。水泥地的温度和甲板上铁的温度不一样，铁的温度最高能到60摄氏度。甲板特别厚，越厚船舱就越闷。戴振涛话也不多，顶着烈日又是测量又是计算，一直用实际行动感染着我们，你说，我们还能做不好吗？”

王璐刚说完，焦春海又说道：“航母海试时，在船上需要24小时轮班，任何突发情况都会出现。有时候我们凌晨两三点就被喊起来，不歇不停地干到下午两三点，这些都很正常。累是肯定的，但想一想，有了航母，咱们还怕什么。大家也就不觉得累了，工作的积极性也越发地高了。”

第十章 以他名字命名的工作室

2013 年 4 月，集团专门为戴振涛成立了以他名字命名的“戴振涛劳模创新工作室”，2014 年被大连市总工会命名授牌，这是大船集团第一批以个人名字命名的劳模创新工作室。2017 年，戴振涛及其团队被辽宁省总工会命名为辽宁省劳模创新工作室。

这接踵而来的鼓励和支持，无疑给戴振涛前行的步履增添了动力，他如鱼得水，钻研创新的劲头更足了。

当笔者问及劳模创新工作室时，组员、“80 后”工人王璐介绍了工作室的基本情况。他说要进这种技能大师工作室，成员选拔要在各方面都很优秀。厂里先组织考试，再进行笔试和技能比武，通过层层选拔才能选上来。

工人们能进这个创新工作室，都倍感自豪。大家都称这是“群英会”。

工作室内目前有 13 个钳工，主要从事的是船舶动力方面的安装调试。组员有郭健、李鸿国等。

在这个工作室里，大家都感到受益匪浅，因为每一个人都有自己独特的技能，同时大家身份相近，一起沟通交流都很方便。王璐告诉笔者，戴振涛带领的这个工作室注重发挥高技能人才作用和优势，立足工程生产实践，坚持围绕重点工序和关键施工环节组织开展小改造、小发明、小技改活动，以解决施工问题，取得了一系列技术质量成果。

工作室成立初期，主要承担大船集团总装三部船上的各种难题的解决，不光钳工一个方面，它还包括船体专业、电工专业、舾装专业等，也就是说基本囊括了船上的各个工种。戴振涛主要起引领作用，大家遇到问题后都拿到工作室，然后组织相关专业的人员讨论解决。

钳工专业的问题，由戴振涛组织工作室进行集体研

承百年基业

劳模创新工作室团队照片（左十为戴振涛）

讨，然后商量施工方案，出具解决的办法，再定下工序，组织人员去实施，最终解决工作中遇到的难题。如果不是戴振涛熟悉的专业，就由他牵头，责成工作室内的其他专业人员想办法具体解决。如果有需要协调的，戴振涛会积极寻找相关的技术专家，帮助大家沟通、协调、解决。

当工作室内部涉及跨专业的工种时，就由相关工种的带头人一起参与到课题的研究和解答。工作室里面既有技术人员，又有管理人员，还有一线工人，这样提出的一些技术方案立刻就可以动手实施。团队之间互相默契配合，共同完成技术攻关中的难题。

工作室的活动内容有不定期的讲座，由厂里的15位讲师和省市及全国聘请的专家教授授课。通过“走出去，请进来”等方式，与厂其他部门及全国同行进行技术交流，效果明显。

工作室还有定期的交流研讨，一般每月一次。钳装、电装、管装、电焊等，每个专业都成立了一个小组。在工作中，大家碰到的一些棘手问题，或者专业方面有哪些突破，都会在一起交流分享。大家坐在一起，畅所欲言，集思广益，寻找有没有更好的办法解决问题，或者在工作中有无更节省人力、节省时间、节省材料的方法。不少工人反映，这样的讲座和交流，很务实、很解渴。

“领导把你放在这个岗位上，就要把工作干好。不积极进取、不肯承担责任、不肯实打实地干活，那你就别干这份工作。”戴振涛常对大家说。

创新，是戴振涛最身体力行的。他说，发明不要搞虚的，要结合实践搞，真正能用于生产、服务于生产的，才是有意义的发明。工作室成立后，他率先垂范，搞了不少小发明。

戴振涛的办公室，就放着一个小“激光测量平台”——通过十字激光点，同时测量物体的水平、角度和高度。这个船舶上专用的小发明成本低，又轻又小巧，省去拉线做基准等一系列问题，解决了工程中的很多问题，极大地提升了大家的工作效率。专利还没申请下来，其他车间的很多人已闻讯而来，“央求”戴振涛，先多做几个，借给他们用。

工作室一定要取得实效，而且要出成绩，不能是摆设。这是戴振涛说得最多的话。

工作室每年定期向集团上报工作室一年所取得的成绩，比如取得了哪些创新、获得了哪些专利、解决了多少疑难问题、下一步的打算等，都有详尽的报告总结。

笔者走进一间办公室，里面摆满了该小组发明设计的各种工装工件、专利及获奖证书。

近三年来，以戴振涛命名的辽宁省劳模创新工作室在他的带领下，已有5人晋升为高级技师、11人晋升为技师、10人晋升为高级工；确立创新课题30项，其中21项已转化为成果；完成工法创新5项，提出技术改进项目146项，其主持的《关于舵机找正革新的技术成果》获集团技能类

劳模创新工作室内部场景

学术成果一等奖。除此之外，戴振涛个人享有 27 项国家专利，攻关团队享有 36 项国家专利，同时劳模创新工作室的专利数以每年七八个的速度增长，为船厂贡献的技术成果每年能达到二三十个。工作室在为大船集团培养一批高技能人才的同时，也为国家重点工程建造提供了有力的技术、技能服务支持。

第十一章 评上了『大国工匠』

2019年，是个令戴振涛难忘的年份，他评上“大国工匠”了，集团内外沸腾了，附近大海的浪涛好像也在不停地为他祝贺。

“大国工匠年度人物”是为了大力弘扬劳模精神、劳动精神、工匠精神，扎实推进产业工人队伍建设改革，由中华全国总工会、中央广播电视总台联合举办的发布活动。发布活动采取各省级工会、各全国产业工会推荐，与职工群众推荐、自荐相结合的方式。组委会办公室经过认真审核材料、广泛征求意见、反复对比遴选，从推荐人选中初选出50位“大国工匠年度人物”候选人。相关领域知名专家、著名劳动模范代表、资深媒体人士组成的专家评委会，经过严格评审，从候选人中最终评选出10位“大国工匠2019年度人物”，身为大连船舶重工集团有限公司军品总装三部钳工班班长的戴振涛荣列其中。

2020年1月6日下午，北京室外冬意料峭，屋内的戴振涛却觉得浑身发热。此刻他站在中央广播电视总台华灯璀璨的演播大厅里，一颗心按捺不住地激动。

这个下午，由中华全国总工会、中央广播电视总台联合主办的“大国工匠2019年度人物”发布活动暨颁奖典礼即将在这里隆重举行。

这10位工匠人物，来自国防军工、装备制造、交通运输、传统工艺等多个行业，他们在不同的工作岗位上，靠自己过硬的技术和本领，在平凡的岗位上追求着职业技能的极致完美，为民谋福，贡献社会，他们都是所在行业的顶尖技术技能人才。

华灯齐放，鼓乐齐鸣。这是一场致敬模范先进的高规格盛典，现场气势恢宏、礼乐交融。各路英杰齐聚一堂，共同奏响了一曲献给时代楷模“大国工匠”的赞歌：梦

戴振涛获得“大国工匠年度人物”称号

在心里，人在路上，一丝一环，把柔情也拧成坚强；精琢细磨，让钢铁也开出芬芳。手中乾坤、肩上担当，春风化雨，用智慧来浇铸栋梁。情系家国，把大爱都装进胸膛……

这是一份含金量十足的荣誉称号，这是一份对国之巨匠的致敬。

良工方能成为巧匠，几十年，日复一日，年复一年，不怕枯燥，不怕单调，恪尽职守，精益求精，铸就了工匠精神。一个国家、一个民族的发展，离不开各行各业劳动者的共同推动。也正是因为有许许多多像戴振涛这样的人，在平凡的岗位上创造出非凡的业绩，才能为中国制造高质量发展保驾护航。

工匠精神，不仅是对传统工匠技艺的传承，也是对一切职业精神的呼唤，工匠精神擦亮了爱岗敬业、劳动光荣的价值底色。屏幕上是获奖者的人物事迹介绍。每位获奖工匠展现出的卓越匠心、精湛技艺以及执着坚守、默默奉献的家国情怀，深深地打动了荧屏内外的观众，激励起无数人为实现中华民族伟大复兴的中国梦而不懈奋斗的热情。这份荣誉让戴振涛自豪，也让他感到以后的责任更重。

随着主持人说出戴振涛的名字，一串闪光的致敬词出现在屏幕上：

航母阻拦机的每一根导轨都有数十米长

每米水平误差不超过一根头发丝直径的六分之一

他夜以继日，反复测量十年，换来百万数据库

确保舰载机安全着舰，让中国航母开启一个新时代

“大国工匠走进江阴”合作论坛（右一为戴振涛）

当戴振涛身穿有着厂名的淡蓝色工作服，在一片欢呼声中，阔步迈上霓虹闪烁的领奖台，从主持人手中接过金光闪闪的铁锤样奖杯时，兴奋之情难以言表，无比骄傲地把奖杯高高地举了起来。

他多希望远在家乡的年迈的父母看到。

多希望朝夕相处的工友们看到。

最让他幸福的是，他最钟爱的女儿和他同台。

这是主办方送给他——一个中国普通工人最好的礼物。

颁奖之后，女儿现场表演了古筝曲目《战台风》。发布活动本来没有这个节目，但导演考虑到戴振涛平常工作任务繁重，特别是建造航母阶段，与家人聚少离多，而今天取得这样的成绩也离不开家人的支持，所以在听说他女儿有古筝特长时，便安排了这样一个才艺展示的环节。女儿为了表达对爸爸的敬意，在众多自己熟悉的曲子里，特意选择了这首古筝名曲：《战台风》。这支曲调气势磅礴，音乐形象鲜明，快速段落紧张激烈，慢速段落优美抒情，全曲成功地塑造了码头工人大无畏的精神和压倒一切困难的英雄气概。曲子虽好，但难度非常大，她学习之余，加班加点地练习，手指都弹得脱了皮，胳膊累得都抬不起来了。终于，在中央广播电视总台，在众人的注视下，她超

劳模工匠

戴振涛（左五）走进校园开展「劳模工匠大讲堂」活动

戴振涛与妻子、女儿在『大国工匠年度人物』发布现场

水平地完成了这支曲子的弹奏。她说：“这是给爸爸，给无数个像爸爸一样的工人叔叔的献礼。”

当主持人问戴振涛，为航母付出了这么多，有什么感受时，戴振涛骄傲地回答，作为一个中国人，能亲手参与航母的建造，是他人生中最重要的一件事情。在接到任务后，他就下定决心，一定要打造出中国最好的航母，展现出中国工人的实力，将最优质的产品交付给我们的海军官兵，确保装备运行平稳、安全可靠，一往无前，所向披靡。

戴振涛与他的工友们，经过了无数日夜的辛劳，用血汗、用青春，终于把中国几代人的梦想变成了现实。

第十二章 工友们如是说

长得文气、说话慢腾腾的刘彦，跟戴振涛是大连船舶技术学校的同班同学，他们一起学习钳工专业，一起毕业来到船厂工作，又一起在一个车间干了 20 多年。多年的工作配合，他们彼此了解，有着兄弟般的情谊。

刘彦说，从他们认识起，他就发现戴振涛干啥事都非常认真、仔细，在学校时戴振涛是制图课代表，画出来的图特别精细，很标准，老师都喜欢他。到了船厂当上班长后，更是责任心极强，班组成员干活时，戴振涛都是从头到尾跟着，看到成员哪个步骤操作不对，马上提出，并让其立即纠正。如果有谁不会时，戴振涛就手把手地教，从不厌烦。有时，戴振涛还会把对方易错的地方，整理成文字，告诉对方，下次不要再犯这种错误。

大家都争着当戴振涛的徒弟，因为他带徒弟，跟工作时一样细心，而且遵循一个原则：只要他教，就必须手把手地彻底教会，教不会的就反复讲，反复带着练：目前的步骤哪有问题，操作中哪些步骤多余且没有必要，搞明白，直到教会为止。每天上班时，他都会告诉你干什么，怎么干省力，事后还会让你总结一下自己的不足。

一般别的师父教徒弟讲一遍就去休息了，戴振涛却不这样，他教，就管保到底。工作的思路，具体的动作、手型，他都要一个步骤一个步骤地讲解清楚，看对方不明白，又做示范。戴振涛做完了会说："你再做一遍，不要紧张，大胆些。"同时盯着徒弟的动作细细地看，发现不对的地方立即纠正。这样，他教别人干活比他自己亲手干花的时间还长。有时，徒弟都看不下去了，说："天这么热，师父，您去休息会儿。我不懂了，再向您请教。"他总是摆摆手，说："没事，你安心练吧。"

功夫不负有心人。别的老师傅带徒弟 10 年才能带出来，戴振涛 3 年就把徒弟带出来了。现在，他的大徒弟都当上车间主任了，最小的徒弟，现在也成了厂里的技术骨干。

对于船舶来说，主机和舵最关键，要求的精度非常高，收工的时候经常都到晚上九十点钟了，只要有徒弟在船上，戴振涛就不放心，他都要陪在现场。他工作经验很丰富，看到有问题，马上就指出来，并且告诉徒弟，该项工作用什么样的方法效率更高，为什么会更高，他都能讲得一清二楚。而且，他会让徒弟照着他说的去做，检验他说得是否正确。

新入厂的年轻人学历高、思维活跃，戴振涛会与他们耐心沟通，探讨问题时没有一点儿架子，有时他也会吸取年轻人的想法。他常说，谁都有长处，要虚心向别人学习，知识更新得太快，要与时俱进，才能不落后。

要完成大的项目任务，就要上夜班，有的设备开起来以后需要 24 小时运行，这时就得有人在现场盯着，在随时维护设备的同时，也避免一些突发状况。一个班组 20 多人，要真正管理和协调起来，可不是一件轻松的事。戴振涛做这些却如鱼得水，他大部分时间都是跟着班组在船上工作，你到办公室找他，基本都会扑空。在船上工作不允许带手机，如果有事，经常联系不上他。

戴振涛常说，在船上工作很危险，突发情况也难预料，一个人不知道会出现什么情况，特别是晚上。有时候现场很黑，一不小心，人就可能会掉到什么地方去，所以大家至少得两个人一起行动，互相照应。他经常在船上这

戴振涛为学生讲解劳模精神

儿看看，那儿问问，总是在别人需要时，第一个到达。

戴振涛的业余爱好比较广泛，喜欢看书、听歌、踢足球。

当上“大国工匠”后，刘彦觉得，戴振涛和以前没什么区别。两人还是30年的同学，还是熟悉的感觉，戴振涛没有一丁点傲气和架子。

刘彦说，戴振涛没什么背景，能取得今天的成就，真的是他踏踏实实干出来的，他比常人付出了多得多的努力。所以，他羡慕，但更多的是佩服。

戴振涛的人缘很好，因为他真心为大伙儿着想，从来心里想的都是别人。大家都知道他是一个关键时刻真正能靠得住的人。一次，一位老师傅在海南出差，可家里买房，需要开公积金的收入证明。证明本人开不难，但老师傅没在家，人家又催着要，代办特别麻烦，一会儿要证件，一会儿又要写委托书。一听老师傅家里人说这事，戴振涛说：“阿姨，您放心，这事交给我了。”他先打电话向有关部门了解清楚具体程序，又找厂领导说明情况，第二天就帮老师傅开好了所有证明。老师傅回家感动地要请戴振涛吃饭，戴振涛一摆手说：“这是我应该做的。”

戴振涛很忙，只有早上换工作服和中午休息的时候才会到办公室，平时很难碰到。刘彦说完，站了起来，笔者知道他要去忙了。

随后进来的胡盛和戴振涛是同学，他俩进船厂后也是同一个车间同一个工段。戴振涛是辅机班，主要管发电机、油泵、水泵，还有舵。胡盛是主机班，主要管动力，比如柴油机、螺旋桨、轴等。各自干完分管的工作后，再互相配合。辅机为主机服务，因为主机跑起来需要电、水、油。无论你需要什么，戴振涛都全力以赴。

胡盛给笔者尽力解释完这些专业术语后，又说："我俩是多年的老搭档，虽然很默契，但在工作中也会出现一些问题。比如有时候油泵不太稳定，或者水压不够。这时戴振涛就会排查自己分管的部分有没有问题。如果辅机没问题，他就帮着我再查主机的各个部件。许多时候，都需要两人互相协调，排除各种可能存在的问题。排查得多了，我一看天太晚了就急，他劝我不要着急，一点点排查。他说，马马虎虎，就不会找到问题的症结，又得重新再来一遍，与其这样，还不如第一遍就仔细些。看到他从容而细致的样子，我也就不急了。你不知道，找到问题并解决后，我们那个开心样，真的，用语言根本形容不出来。"

"在航母上工作时，白天劳累了一天，晚上还得加班，大家都很累。戴振涛累时，就给我们讲故事、唱歌。他唱歌挺不错的。他这一唱，大家都感到所有的疲劳好像没了，轻松多了。同事们都笑称他是全才。”胡盛笑着说。

极致的手艺都是靠一点点积累的。白天大家都在船上，再努力也差不出多少。但晚上下班后，戴振涛会总结白天遇到的问题，梳理出来后自己琢磨，如果还是有疑问，第二天他会再向有经验的老师傅请教，慢慢地，越积累，经验越丰富。

2024 年（大连）全国职工足球邀请赛新闻发布会现场（左一为戴振涛）

“戴振涛很优秀，学习也很刻苦。下班的时候我们经常在玩，而他还在学。

“后来厂里改革，提拔年轻人当班长，戴振涛平常工作就出色，技术能力强，就被提拔为班长。他当班长期间工作非常认真，班里各方面的管理都有条不紊。

“我们很佩服他，他什么都会，这可不是天生的，都是他在工作中学、在学中练成的。

“他不但技术好，在管理上也有一套，班里老的少的，全听他的，你不能不服。我技术方面有不懂的，就去请教他，他也会耐心地帮我解答。到现在我们还是非常要好的朋友，休息时两家人经常带着孩子玩一玩。我俩都在一个城市生活，从船厂开始一起长大，性格相近，志趣爱好差不多，能玩到一起。真的，跟亲兄弟一样。他性格开朗，喜欢运动，在学校时，我们就一起踢足球、打篮球，现在他有时间了，还会踢一会儿足球。对了，他还是我们市足球代言人呢！”胡盛自豪地说。

原来大连市总工会联系大连造船厂，经过年龄、个人荣誉等方面的综合考虑，邀请戴振涛担当足球代言人。

胡盛说，戴振涛从小就热爱踢足球，他上的小学是大连市东北路小学，这所学校被誉为足球的摇篮，培养出了很多非常有名的国脚。戴振涛的初中是大连市第21中学，紧邻东北路小学，学校踢球的氛围也特别好。在学校时，戴振涛总是和大伙儿一起踢，虽然没有参加过专业的训练，但技术还是很棒的。他喜欢踢前锋的位置，因为前锋既可以攻城拔寨，又能展现自己进球的魅力。虽然比不上专业的运动员，但他很热爱踢足球，一放假能从早上一直踢到天黑。

到了船厂后，戴振涛中午休息时也会和工友在单位空旷的场地上踢会儿足球。30岁之前，他经常组织同事、同学一起踢足球，后来因为工作太忙，踢得机会就少了。

大家休息时都喜欢打打扑克、聊聊天，而总能看到戴振涛拿个小本，写写记记，看来又在琢磨他的钳工技术了。

当听到戴振涛评上“大国工匠”的消息后，工友们都说，实至名归，都真心地替他高兴。大家都说戴振涛真的很不容易，他父亲只是名普通的工人，家里也没什么背景，他就是百分之百地凭着自己的努力，踏踏实实，一步一个脚印，几十年如一日，终于练就了过硬本领。

胡盛最后说，戴振涛有一个幸福的家庭，他的成功与家庭的支持是分不开的。作为一线工人，加班加点是常有的事。很多事情有舍才有得，没结婚前是父母在默默支持他；成家立业以后，特别是有了孩子以后，他经常不能在家，这就需要有一个好妻子的理解和支持。戴振涛的妻子很能干，她把家里打理得井井有条，在教育孩子和孝敬父母方面，都做得很好。工友们经常到戴振涛家去吃饭，他的妻子很热情。他父母人很好，也很老实，全力支持他的工作。家人默默地支持他，荣誉，也有他们的一半。

胡盛强调道，戴振涛当上班长以后，不仅白天要干好本职工作，晚上还要加班思考班级成员的管理。一到年底，班里的成果要写，班里的总结也要写，写完了还得再斟酌、再修改，这些都会消耗大量的时间。白天没有时间，他得带着班组去船上工作，只有下班以后，才能抽时间写总结。

戴振涛当团支部书记时，经常组织大家踏青秋游，帮助每个年轻人的成长。他性格随和，乐于助人，无论是对同学、朋友，还是同事，哪位工友病了，今天谁过生日，谁家有什么事，他都清清楚楚。刘师傅家里着火了，他带领班组成员第一时间到家里去慰问。即便现在不当班长了，也不当团支部书记了，只要谁有事，他肯定第一个前去帮忙。

戴振涛说在跟工友们相处时，他脑子里就回想起小时候看到父亲与同事们在家里吃饭的情景。多少年过去了，他们还像兄弟一样，互相牵挂着，谁家有事，大家都尽力去帮忙。这让他明白，同事就跟自己的兄弟一样，因为跟他们在一起的时间比家里人还多。

戴振涛好几次给笔者说，跟工友们在一起，风里雨里，并肩工作，可以说，把生命都托付给了对方。不对他们好，怎么说得过去。一条大船的建造，从螺栓、钢板到管路、电路等，靠的不是一个人的力量，而是众人的智慧，自己无非就是一个带路的人罢了。

在跟大家的交流中，笔者发现戴振涛跟工友们的关系特别融洽，大家有人叫他戴哥，有人叫涛弟，有人叫他书记，也有人不停地叫他班长。

第十三章 大船，大船

跟戴振涛走进集团史馆，望着一张张发黄的照片，一代代劳动模范从青春到白发的照片，笔者终于明白工人为什么这样深爱着与他们血脉相连的厂了。

这个有着120多年历史的老厂，曾经是沙皇俄国、日本、苏联的修船厂。新中国成立后，它终于回到了中国人民的手里。经历过屈辱、克服过万难，从最早沙俄殖民时期的船坞到现在扬眉吐气的中国工业重地，协作、独立、创新，从昔日的修船厂到今日的大船集团，在凤凰涅槃的奋起中，笔者仿佛看到了一代代大船人的精神谱系，更看到了一个民族从无到有、从自立到走向世界的奋斗史。

它是中国最早走出国门的造船企业。1981 年交付的中国第一艘出口船长城号，开创了中国船舶工业参与国际竞争的新纪元。从长城号开始起步，大船集团在国际市场上的影响不断扩大，各国各地区订单纷至沓来。“造好船，到大船”，如今大船品牌已享誉世界。

以数字化、信息化、智能化、精细化为发展方向，大船集团强力推进科技创新。拥有国家级企业技术中心和由中国工程院院士、中国船舶设计大师领衔的一千多人的船舶设计院，自主开发设计了一系列具有国际先进水平的产品。新中国第一艘万吨轮、第一艘出口船、第一艘 VLCC、第一座四百英尺自升式钻井平台、第一座三千米深水半潜式钻井平台、第一艘智能 VLCC 等，都在这里诞生。

作为军人，职业使然，笔者穿过展厅一艘艘巨轮模型，最后把目光深情地望向一艘艘军舰。

戴振涛大概看出了笔者这个兵龄 30 多年老兵的心思，指着一排排的舰艇，动情地介绍起来，大船集团是我国舰船总装建造及维修保障的主要基地，新中国成立以来共建造了 40 多个型号、800 多艘舰船，被誉为中国“海军舰艇的摇篮”。中国第一艘炮艇、第一艘导弹潜艇，第一代到第四代导弹驱逐舰主战船型，第一艘油水补给船，以及第一艘航空母舰辽宁舰、第一艘国产航空母舰山东舰都从这里驶向万里海疆。这些战舰在保卫海疆、舰队出访、编队护航中，为我国国防和海军现代化建设作出突出贡献。大船集团被中共中央、国务院、中央军委联合授予“高技术武器装备发展建设工程重大贡献奖”荣誉称号。

笔者才明白，自己曾经在部队看到的许多新型舰艇，里面都凝聚着一代代大船人的辛劳。

戴振涛指着一只只船模，“在这些船上，我差不多都干过。因为改进、建造了我国第一艘航空母舰辽宁舰和第一艘国产航空母舰山东舰以及大量海军舰艇，‘大船’在行业里赫赫有名，涌现了许多优秀的工人。我只不过是大船上的小螺钉。”他谦虚地说。

笔者仿佛看到威武的战舰劈波斩浪，扬国威、壮军魂，竖起了坚不可摧的海上长城。而那些甲板上，有戴振涛父亲的影子，有他工友们的影子，更有一代代中国人的希望与明天。

“从小我就知道，落后就要挨打。国穷，就要受人欺负。上技校时，我看到学校附近有很多日本建筑，先是纳闷，我们国家为什么有那么多的日本人居住。后来看了历史书后，我才知道了什么是百年屈辱。要让人不能欺负，国家就必须强大。我那时就想，自己当不了兵，能为咱们军队制造新的战斗装备，也是一种贡献。”

听着他的话，我想着大连这座美丽的国际化城市的往

戴振涛参加中国共产党大连市第十二次代表大会

昔和今日，肯定无形中在影响着生于斯长于斯的戴振涛。

平日除了看专业书，戴振涛也看一些大家都说好的小说，比如路遥的长篇小说《平凡的世界》。

笔者也喜欢看《平凡的世界》，一听这话，好像找到了知音，忙问戴振涛喜欢此书的什么。

戴振涛回答，这部小说虽然讲的是20世纪七八十年代的故事，但从农村出身的煤矿工人孙少平靠个人的努力，在平凡岗位上作出的贡献，让他感同身受。他最感动的是孙少平初次到城里，背着石块爬坡的那个情节。他说着，竟背了起来：三天下来，他的脊背就被压烂了。他无法目睹自己脊背上的惨状，只感到像带刺的葛针条剜过一般。两只手随即也肿胀起来，肉皮被石头磨得像一层透明的纸，连毛细血管都能看得见。这样的手放在新石碴儿上，就像放在刀刃上！

“每当我感觉挺不过来时，就想到这一段，感觉我比起孙少平来，这点困难算个啥！在船上工作，冬天无非就是海风吹得冷些，夏天在舱里干活热些，我一个男人，这点苦都不能吃？”戴振涛轻松地说。此书让他明白，一个人无论在任何艰难时期，都要有自己的奋斗目标。孙少平的故事告诉他，如何在困境中，坚定信心地去闯出一条路，在自己的岗位上闯出一片天地。他能走到今天，就是目标、理想还有信念支持着他，无论怎么苦，都义无反顾地走下去。包括在这当中，他遇到的各种问题，都坚持不懈，想尽一切办法解决。船行驶到大海上，都会遇到风浪，更何况人活一辈子，怎么可能不遇到困难，解决就是了。“不瞒你说，我当班长时，还借鉴了孙少平在煤矿当班长的不少经验呢。最重要的就是要用智慧和技术来带动大家，干好工作。”戴振涛略带自豪地说道。

“我在船厂这个平台，已经站在了一个很好的位置，也得到了很多机会和锻炼。组织上给我这么好的一个平台，还有什么困难不能克服的，是吧。”戴振涛笑道。

一次参加先进工作者颁奖时，大连市团市委书记赵宏向戴振涛推荐了一本书：金一南的《苦难辉煌》。戴振涛一读，就爱不释手。通过读这本书，他从另一个角度了解了中国革命的艰难困苦，老一辈革命家承受的苦难，不是如今他这一代能感受得到和承载的了的。他深切地感受到中国革命在苦难中辉煌，透过中国革命的光辉历程，他清醒地认识到人生的价值是什么，就是要有一种百折不挠、迎难而上、勇于创新的精神；要做到不矫情、不做作、不被社会上的不良事物所感染；树立正确的人生观、价值观，用自己的实际行动来回报父母、企业、社会。他的理想就是要成为中国造船业中技术能力最好的工人。金钱不能视之为财富，职位不能视之为前途。爱岗敬业、勇于拼搏、敢于创新是他追求的目标和信念。

从戴振涛进厂到现在，他坦言自己从来没有想到，作为一名普通的技术工人，能通过不懈的努力，为企业作出令人瞩目的贡献，这让他明白了：“技术真的有前途，只

戴振涛受邀参加庆祝中国共产党成立 100 周年大会

有真正地拥有了技术，才能懂得这些！我一直认为一个人如果能在现在的岗位上干好工作，那么在其他的岗位上也能干好。经常听朋友说，当一名工人挣不了几个钱，而且特别辛苦，经常加班，工作还很危险。可我觉得这些不是最重要的，有一项手艺在身，一个人就可以安身立命。”

在船厂，一名好的技术工人，一般每月能拿四五千元的工资，比起外企，还有其他职业，可能会少一些。但戴振涛觉得金钱不是衡量个人自我价值的唯一评判标准，重要的是在自己的岗位上，能不能为国家、为社会、为自己所在的企业作出有贡献的事。他经常在想，生活在和平岁月里，能安静地学习、生活，吃得饱穿得暖，和世界上那些还在挨饿的人们相比，和还在战火中挣扎的人们相比，和那些曾经为了民族解放和国家独立而献身的老一辈革命者相比，自己已经很幸福了，应该知足。

说到这，戴振涛给笔者讲了一件他儿时最难忘的事。一次母亲领着他在大连青泥洼桥逛街，中午去一家馄饨店吃饭，当时饭店人特别多，由于天气热，空气流通也不好，馄饨还没上，母亲忽然就晕倒了。小戴振涛急得不知道怎么办，大声喊：“妈妈，妈妈，你醒醒！”这时周围的叔叔、阿姨就围拢过来，有帮助掐人中的，有帮着扇风

戴振涛（中）参加大连庆祝中华人民共和国成立 75 周年音乐会活动

的，有帮助叫救护车的。不一会儿，救护车就来了，叔叔、阿姨帮助救护人员把母亲抬到救护车上，送到医院，经检查母亲是因为贫血造成的晕倒。这件事坚定了戴振涛的决心，要努力做一名对社会有用的人，随时准备好为他人、为社会提供最大的帮助。

如今的戴振涛有能力去做更多的事情。他说，既然选择了造船行业，在企业里也取得了一点成绩，下一步打算把他所学的技能传授给需要的人。他也会在技能提高、解决疑难问题、工法创新等方面继续努力，为企业创造更大的价值，为国家建造最好的军品，成为中国造船行业工人中杰出的一员，为社会作出自己的贡献。

一听这话，笔者再一次打量着这个比笔者年轻近 10 岁的中年工人，明白拥有一颗大爱之心，比精湛的技术更让人钦敬，他的步伐当走得更远。

脚踏实地和船舶打了近 30 年的交道，戴振涛几十年如一日，精益求精，兢兢业业，用责任和担当淬炼出一颗良工的“匠心”。

如今，我国第一艘航空母舰辽宁舰正在服役。曾参与过辽宁舰、山东舰两艘航空母舰建造的戴振涛，仍奔走在船舰维护保障的一线，日复一日地对数据、设备进行测量改进。他说，航母服役 10 年了，需要维修、检测等工作，道路是漫长的，任务是艰巨的。特别是在测量资料中，一定要全，一定要整，一定要可靠。只有把这些数据测量准确了，才能为安装提供关键的依据，才能让使用的海军官兵身心安全。

“这个世界不必知道我是谁，但我参与的事业却惊艳了世界。”笔者忽然想起了这句话。

第十四章 劳动模范的荣耀

大船集团在120多年的历史中，有顺风顺水时，也有遭遇惊涛骇浪时，但无论何时，“大船”人口中的“好氛围”一直都没有改变过。

只有好的环境，才能如鱼得水。这是“大船”人集体的感慨。

“我爱大连，这个我生活了40多年的城市，”戴振涛如是说，“厂里对我真的很好，不仅培养了我，还激励我，让我感到做一名工人的骄傲。”说到这里，戴振涛的眼角湿润了。

时隔 20 多年，现已 48 岁的戴振涛依然忘不了初进厂里的情景。

“那时候，当工人在人们眼里已经算不上好工作了。”这几年，从新闻里和年轻同事口中听了许多次“进工厂不如送外卖”的说法，戴振涛并不觉得新鲜或震惊。“可最终决定一个人职业发展好坏的，既不是看法，也不是说法，而是自己。你努力了，就会有收获。”他给出了自己的看法。

戴振涛第一次感受到“大船”对技术和工人的尊重，是在他入职不久，公司举行的一次新船下水仪式上。按行业惯例，每次有新船下水，砍断缆绳是整个仪式中最隆重的步骤，“砍缆”人的重要性，不言而喻。

“那一次，‘砍缆’人竟然是船坞车间领班、辽宁省劳动模范原公久，一名普通工人，”多年后戴振涛对当时的场景依然记忆犹新，“而且老师傅们对此习以为常，不像我那样大惊小怪。”

2019 年，大船集团庆祝“生日”，集团指定戴振涛作为领誓人与全场人员庄重宣誓。“当我说出：‘忠于党，忠于祖国，忠于大船集团，认真履行岗位职责，勤奋学习，恪尽职守，务实创新……’时，我感觉胸中热血奔涌，我想到了我的父亲，想到我的伙伴们，想得更多的是，如何把所学，教给更多的年轻人。”

2022 年 5 月 1 日，更是让戴振涛永生难忘。

夜幕降临，华灯初上，大连市人民广场、西安路商圈、星海广场、友好广场、东港、机场等主城区五百余处的地标大屏，公交站亭、地铁车站宣传栏和企事业单位的

戴振涛获得“辽宁工匠”称号

LED 大屏、户外灯箱被同时点亮。戴振涛等全市 15 位劳动模范的照片和事迹闪耀在美丽的大连，成为一道亮丽的风景线。

看着自己的照片和事迹出现在大屏幕上，戴振涛脸上露出笑容，说："我从来没有像现在这样激动、高兴过。我要回报党和国家给予的荣誉，为大连建设作出新的更大贡献。"

2024 年（大连）全国职工足球邀请赛于 8 月 2 日至 8 月 13 日在大连举办，主题为"大连、足球、信心、力量"，大赛分为小组赛和排位赛两个阶段，所有参赛球员均为在职职工。由中华全国总工会和国家体育总局指导，中国职工文化体育协会、辽宁省总工会、大连市人民政府主办。

大连市各级劳动模范和一线职工代表 1.6 万余人参加了开幕式并观看比赛。劳模工匠代表戴振涛、许振超和足球名宿孙继海、张耀坤为揭幕战开球。

"为揭幕开球，我真的很自豪。"按戴振涛的话说，锻炼是为了更好地工作，只有强健的身体，才能完成更艰巨的任务。而荣誉和尊重，更使他感受到当一名新时代中国工人，是多么的荣耀。

劳动模范是一种荣誉，更是一种精神。戴振涛刚进厂

戴振涛参加大连百名英模表彰大会

时就发现，老师傅们都特别看重自己干的活儿，要是手里出了次品，就感觉很丢人。“在这样的环境中，你不优秀都说不过去。”戴振涛说。

到 2020 年，戴振涛已集“大船”劳动模范、大连市劳动模范、全国五一劳动奖章、大国工匠年度人物等多个荣誉于一身。“当劳动模范前我没出过辽宁省，当劳动模范后因为疗休养和参观学习，我去了国内不少地方，”戴振涛说，现在再回想父亲当年的那句话，在自己身上已经得到了应验，“干得好，厂子真没亏待我。”

虽然取得了显著的成就，戴振涛却很谦虚，说自己的成绩离不开企业的栽培和老师傅们的帮助：“我的所有成绩离不开企业对我的关心和支持，因为企业重视基层一线工人的技能培养，安排培训学习，还在工作岗位给予锻炼的机会。企业敢于给我压担子，安排技术高超的师傅指导我，在重大设备的安装中，也信任我能完成艰巨的任务。正是有了各方面的支持，我才能有今天的一点成绩。”

能力、技术与收入相匹配，是船厂对所有技术工人的承诺。

根据规定，在企业开展的技能竞赛中获得工种第一名的，职业资格晋升一级；在职业技能等级体系中，高级技

戴振涛参加辽宁省庆祝中华人民共和国成立 75 周年升国旗仪式

师之上设特级技师；在技能序列体系中，设置“大船”副首席技师、首席技师，衔接中国船舶集团技能带头人、首席技师等职务。以上四项职务与“大船”正科级、副处级、总经理助理级和副总经理行政级别待遇相当。

从 2023 年起，作为特级技师、首席技师的戴振涛开始享受总经理助理级待遇。虽然他日常还是出入于钳工车间，但公司上下给他起了个新称呼：戴总。

第十五章 何谓工匠精神

在戴振涛办公室，笔者问他对工匠精神的理解，他说：“在我看来就是立足本职岗位、爱岗敬业，发挥善学肯钻的劲头。能够把每项工作做精做细，当成精品来加工，做到无可挑剔、精益求精的地步，乃至做到极致的一种精神。我看电视，看到有一届‘大国工匠’陈行行，才29岁，他也是从技工学校毕业的，虽然学历不高，但是他努力学习新技术，电工、焊工、制图员、数控车工、数控铣工、加工中心操作工、模具设计师等，得了8个证书。我跟他比起来，还差得很远。社会流传一个定律，叫‘一万小时定律’。大意是说一个人要是在一件事情上投入一万个小时，那么就可以有所成就了。我以后的路还很长。”

“你下一步有什么具体计划？”笔者又问。

戴振涛犹豫了一下，回答道：“我离理想中本岗位的优秀工艺技术还有很多差距，传统工艺施工技术的保留与发扬、施工工艺方法、小工装的改造，还是有改进提升的空间的。一定要把传统工艺施工技术加以整理，并保留与传承。在工艺施工方法的改进、小工装的改造中，要做到改进的方法起到提质增效、节约成本的作用，这就要多学习国内外先进方法，不断提高创新能力，敢于面对难题，善于解决难题，在解决难题中前行、总结。”

笔者又问：“下一步，你如何立足本职岗位提升自己的工艺技术？”他说：“要做到以下几点：首先，要加强自我学习。要提高自己的技能水平，就要通过不断学习新知识来开阔自己的眼界，开创自己的思维，完善自我的不足。其次，加强自我实践。技能的提高离不开人的操作，在工作中，我仍须亲自动手进行安装操作，只有不断的操作实践，才能在工作中发现问题，了解问题的根源，才能提出

戴振涛参加公益活动

解决问题的办法，不断提高自己的技能水平，达到熟能生巧的境界。”

谈到如何在工作中进行创新，戴振涛说：“创新不是只要有胆子就能胡干乱干，而是要有对问题考虑周全、敢于担责、勇于前行的精神，更要有严密的专业知识做支撑。”他在工作中遇到问题从不畏手畏脚，发挥主观能动性，运用所学知识和经验去创新地解决问题，从而不断提高自己的技能水平。

谈到对未来本行业注入工匠精神以后改观的展望，他说，工匠精神是每个时代都应该提倡的，毕竟每项工作最终都需要人去创造和完成。只有倡导工匠精神，发挥工匠精益求精的精神，脚踏实地地去工作；只有在工人群体中去引领、倡导工匠精神，慢慢地，大家才会形成好的施工习惯，每个人就能一次性把工作完成好；只有大家把追求精益求精的工作态度上升到外化于行、内化于心的高度，这样企业才能具备真正的核心竞争力。

“在改革初期，你们厂是不是也很难？有没有下岗的人？”笔者终于向戴振涛抛出了这个一直想问却没有问的问题。

戴振涛沉思了片刻，回答道：“从我记事起到现在，

戴振涛在江阴企业解决问题

我们厂工人很少有下岗现象。工作不适应，组织上会调岗分流，只要你干工作认真，厂里就能妥善解决工人的就业问题。这不，我还是职工代表，还要代表全厂职工提出更多合理化的建议呢。我经常对工友们说，只要你技术好，厂里就离不开。”戴振涛自信满满。

当笔者问到戴振涛有什么梦想时，他扶了下眼镜说：“就是希望多陪陪渐渐长大的女儿，陪陪年迈的父母，多为妻子分担些家务，还有多读一些书，多跟工友们研讨以后专业上的走向。”

三天的采访中，让笔者对大船人、中国工人，有了深切的理解。大船工人大多来自东北这片肥沃的土地，多数都出身于普通的工人家庭，他们跟戴振涛一样，深爱着自己的职业，深爱着自己的企业，深爱着自己生活的城市。他们几十年如一日，在船上顶风逆雨地劳作，终于靠自己的双手，大多数人在美丽的海滨城市大连买了房，靠着自己的工资，给了妻儿安定和舒适的生活环境。除了努力工作，他们对现状很满足。

在对每个人的采访中，笔者听到最多的话就是干到老，学到老，因为技术永远都在变，设备永远在更新。有了技术，你就不愁没饭吃。

戴振涛在第九个国家安全教育日进行宣讲

戴振涛作为劳动模范，参加植树活动

戴振涛在大连市建设学校进行劳模精神宣讲

戴振涛进企业开展现场答疑

在与工人们的接触中，一个个大船人，与笔者记忆中影视剧中诸多工人的形象，不知不觉地吻合了。他们热爱自己的岗位，勤于吃苦、乐观向上，重视师徒情谊，最重要的是，在他们的心目中，皆把技术放在首位。手中有了绝活，走遍天下都不怕。这是许多工友的口头禅。

采访结束了，笔者恋恋不舍地离开大船厂时，忽然明白了，戴振涛之所以能成为今天的他，正是有父母的勉励、妻子的支持，也与周建、任振和、焦春海、王璐、刘彦、胡盛、郑鸿鹏等工友们以及许许多多人的支持分不开，是大船集团给予了他施展的空间，是各级组织培养了他，是伟大的时代造就了他。按戴振涛的话说，“因为我赶上了好时代，只有牢记使命，不负年华，真正让‘大国工匠’这个殊荣，名副其实”。

日近傍晚，太阳金色的光辉洒到海面上，天、海、大地，金灿灿的，走到海边，望着一艘艘大船停在码头或迎浪而过，跟笔者来时感觉已不一样了，来时，只觉得它是货船，是客船，是给我们生活带来便捷的工具而已，现在，看着它们，感觉好像触摸到了那一块块由工人的双手制造安装的钢板、机器，眼前一遍遍地浮现出戴振涛和他的工友们动人的笑容。不，准确地说，笔者看到了当代中

戴振涛到部队宣讲工匠精神

国工人的缩影，不禁在心里默默地向他们敬了一个老兵的军礼。

在浪涛声中，笔者好像看到了更多的“大国工匠”从大洋之上走来，耳边不时又传来了《大国工匠》的歌声：

从梦开始的地方，
我看到了理想的模样。
在心到达的远方，
你雕塑着中国的形象。

后　记

中国报告文学学会会长、著名作家徐剑约我写部“大国工匠人物传”，正当我踌躇时，他又说戴振涛可是给航母“把脉”的人，我一听，欣然应允。

书稿成型后，我第一时间发给戴振涛，请他交由大船集团，也请他个人再看看还有没有需要添加的“绝活”。

没过几日，戴振涛就传回了消息：“集团已通过，很好，我做得没你写得好。”

返回来的稿子我认真看了，除了几个专业术语，确实没有添加任何内容。我有点不安心，嘱咐他成书不易，别怕麻烦，有任何想加的内容直接说，没想到他还是淡淡地回复：“文老师，不用再加了，很全面了，这几天我还要加班。”

其实，在经过实地参观和几日与他及亲友的交流后，我很清楚，书中没能提到的内容还有很多。因各种缘由，很多技术细节无法以文字的形式很详细地再现，作为一名写作者，我深感遗憾。

采访好久了，我眼前时常浮现起戴振涛那执着的眼神，以及一身工装的形象。

提到“大国工匠年度人物”的殊荣时，我没有在他脸上看到自傲的神态，看到的只是泰然自若，以及踏踏实实的进取心——他花了很长时间耐心地给我讲解设计的灵感、船体的构造、详细的参数、上船的规定与注意事项，而对于恶劣的环境、糟糕的天气、远超常人负荷的工作量，他都只是一句话带过，并直言所有一线工人都和他一样，日复一日，年复一年。“大国工匠年度人物”授予他，莫若说是授予大船工人的。

我尽力把自己现地经历的所有感受还原在书稿中。在戴振涛的身上，我确切看到了“执着专注、精益求精、一丝不苟、追求卓越”这16个字的具体形态。

我很庆幸祖国能有这样的一批人，奋力接过了先辈们手中的接力棒，并且正在以同样的方式，将这接力棒继续传给下一批怀揣理想的年轻人。

近日，各大媒体争相报道，由辽宁舰、山东舰组成的双航母编队，首次在南海某海域开展联合军演。

航迹所至，军威所向。

我遥想着12年前那个晴朗的秋日，风声阵阵，旌旗猎猎，辽宁舰正式完工交付，巍峨磅礴的舰体入水瞬间激起通天的浪花。我不知道置身现场的戴振涛做何感想，但一想到国产航母实现了“从0到1”的突破，一想到中国海军自此将迈向更深处的远洋，身为老兵的我也难掩心中的澎湃。

这背后，是无数像戴振涛一样的专家与工匠，殚精竭虑，呕心沥血，耗费近10年青春，隐姓埋名、深耕不辍，才最终缔造出大国重器。

他们无愧“大国工匠”的盛誉。

最后，请准许我再次向甘居幕后的中国工人，致以崇高的敬意。也谢谢徐剑及出版社的朋友们。

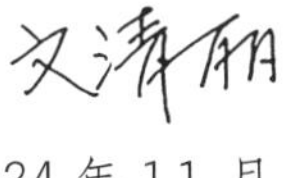

2024年11月